KB034764

Le papa de Simon

시몽의 아빠

제1판 제1쇄 2023년 7월 7일

지은이 기 드 모파상
옮긴이 고봉만
펴낸이 이광호
주간 이근혜
편집 박지현
마케팅 이가은 허황 최지애 남미리 맹정현
제작 강병석
펴낸곳 ㈜문학과지성사
등록번호 제1993-000098호
주소 04034 서울 마포구 잔다리로7길 18(서교동 377-20)
전화 02) 338-7224
팩스 02) 323-4180(편집) 02) 338-7221(영업)
대표메일 moonji@moonji.com
저작권 문의 copyright@moonji.com
홈페이지 www.moonji.com

ISBN 978-89-320-4188-9 03860

Le papa de Simon

Guy de Maupassant

시몽의 아빠

문학과지성사

기 드 모파상

고봉만 옮김

일러두기

1. 이 책은 Guy de Maupassant의 *Maupassant: Contes et nouvelles*〔Paris: Gallimard(Bibliothèque de la Pléiade), 1974~1979〕를 우리말로 옮겼다.
2. 인명, 지명 등 고유명사의 외래어 표기는 국립국어원 외래어 표기법에 따랐다.
3. 이 책의 각주는 모두 옮긴이 주이다.

차례

시몽의 아빠Le papa de Simon 7

의자 고치는 여자La rempailleuse 29

전원에서Aux champs 49

말을 타다À cheval 65

두 친구Deux amis 83

쥘 삼촌Mon oncle Jules 101

아버지Le père 121

잃어버린 끈La ficelle 145

목걸이La parure 163

고향으로 돌아오다Le retour 185

비곗덩어리Boule de suif 203

옮긴이 해설 290

시몽의 아빠

Le papa de Simon

§

낮 12시를 알리는 종소리가 막 울렸다. 학교 정문이 열리자 아이들은 조금이라도 먼저 나오려고 서로를 떼밀다시피 하면서 급히 달려 나왔다. 그러나 여느 때처럼 재빨리 흩어져 점심을 먹으러 집으로 가는 대신, 몇 발짝 떨어진 곳에 멈추어 서서는 여럿이 짝을 지어 속삭대기 시작했다.

그날 아침, 라 블랑쇼트의 아들 시몽이 전학 온 것이다.

아이들은 모두 집에서 라 블랑쇼트에 대해 말하는 것을 들은 적이 있었다. 엄마들은 겉으론 다들 그녀를 반기는 척했지만, 자기들끼리 있을 때면 동정은 하되 경멸을 섞어 그녀 얘길 했고, 그러한 감정은 그 이유를 전혀 모르는 아이들에게까지 고스란히 전해졌다.

아이들은 시몽에 대해 몰랐다. 시몽은 집 밖으로 나오는 일이 좀체 없는 데다 그들과 어울려 동네나 강가에서 뛰놀지도 않았기 때문이다. 그들은 시몽을 별로 좋아하지 않았다. 그래서 열네댓 살 먹은 아이 하나가 뭐 좀 안다는 듯이 눈을 찡긋거리며 한 말을 듣고, 매우 놀라면서도 마음 한구석엔 묘한 기쁨을 느끼며 저희끼리 그 말을 되풀이했다.

"있지…… 시몽은…… 아빠가 없대."

이윽고 라 블랑쇼트의 아들이 학교 정문에 나타났다.

일고여덟 살쯤 돼 보이는 아이였다. 얼굴빛은 약간 창백했고, 차림새는 매우 깔끔했으며, 수줍음을 너무 타서 부자연스러워 보일 정도였다.

집 쪽으로 걸음을 옮기는 시몽에게 아이들이 무리 지어 속닥대며 다가갔다. 못된 짓을 꾸미는 어린애들 특유의 심술궂고 잔인한 눈빛으로 바라보면서. 그들은 차츰 그를 에워싸더니 마침내 완전히 포위하고 말았다. 그들이 무슨 짓을 하려는지 몰라 무척이나 놀라고 당황한 시몽은 그 애들 한가운데서 꼼짝없이 서 있었다. 소문을 퍼뜨린 아이가 이내 자신이 거둔 성공에 우쭐해져서 물었다.

"너, 이름이 뭐냐?"

"시몽이야."

그 아이가 다시 물었다.

"시몽 그리고 뭐?"

시몽은 몹시 당황해서 같은 말을 반복했다.

"시몽이야."

소년은 소리를 질렀다.

"시몽 다음에 뭐라고 있을 거 아냐…… 시몽, 그건 성이 아니잖아."

그러자 시몽은 울음보를 터뜨릴 것처럼 입술을 실쭉거리며 세번째로 대답했다.

"내 이름은 시몽이야."

개구쟁이들은 웃음을 터뜨렸다. 우쭐해진 소년이 목소리를 높였다.

"확실히 알았지. 저 애는 아빠가 없다는 걸."

갑자기 무거운 침묵이 흘렀다. 아이들도 이 이상하고 불가능하고 괴이쩍은 사실 앞에서 아연실색했던 것이다. 아빠 없는 애가 있다니. 그들은 어떤 희귀한 현상, 신비적 존재를 대하듯 시몽을 바라보았다. 그리고 그때까지 이해되지 않던, 라 블랑쇼트에 대한 엄마들의 경멸이 자기들 안에서도 솟아나는 걸 느꼈다.

시몽은 그 순간 쓰러질 것 같아 나무에 몸을 기댔다. 돌이킬 수 없는 재앙에 심한 충격을 받은 듯했다. 그는 뭔가를 설명하려고 했다. 그러나 그로서는 대답할 말이, 아버지가 없다는 끔찍한 사실을 반박할 말이 도무지 생각나지 않았다. 마침내 해쓱해진 얼굴로 에라 모르겠다, 하고 외쳤다.

“아냐, 나도 아빠 있어.”

“어디 있는데?”

아까 그 아이가 물었다.

시몽은 아무 말도 하지 못했다. 자기도 몰랐기 때문이다. 아이들은 흥분해서 와하고 웃어댔다. 오히려 짐승에 더 가까운 이 시골 남자아이들은 한 마리가 상처 입으면 그놈을 즉시 공격해 죽여버리는 닭장 안의 암탉들과 같은 잔인한 마음을 느끼고 있었다. 그때 문득 시몽은 아이들 속에서, 이웃집에 사는 과부의 아들을 발견했다.

그 아이도 자기처럼 엄마와 단둘이 살았다.

시몽이 말했다.

“야, 너도 아빠 없잖아.”

그 아이가 대답했다.

“아냐, 나는 아빠 있어.”

“어디 있는데?”

시몽이 다그치듯 물었다.

“돌아가셨어. 우리 아빠는 묘지에 계셔.”

아이는 무척 자랑스러워하며 단호하게 말했다.

어느새 아이들은 그 아이에게 동조하듯 행동하고 있었다. 아버지가 돌아가셔서 묘지에 묻혀 있다는 사실이 아버지가 없는 시몽을 짓밟아도 될 명분이라도 되는 듯이. 이 개구쟁이들의 아버지들은 대부분 성미가 고약한 술주정꾼인 데다 사기꾼이었고, 아내에게 거칠고 사납게 굴었다. 하지만 이따위 일들은 그다지 중요하지 않았다. 적법하게 태어난 이 아이들은 법의 테두리 밖에 있는 시몽을 압박해 질식이라도 시키려는 듯, 서로 바짝 몸을 대고선 점점 더 포위망을 옥죄어왔다.

그때 바로 앞에 있던 한 아이가 갑자기 비웃는 표정으

로 혀를 빼물고는 소리쳤다.

"아빠가 없다네, 아빠가 없다네!"

시몽은 두 손으로 그 아이의 머리끄덩이를 잡고 다리를 마구 걷어찼다. 그러자 그 아이가 시몽의 뺨을 무섭게 물어뜯었다. 한바탕 소동이 벌어졌다. 싸우던 두 아이가 마침내 떨어졌다. 시몽은 두들겨 맞아 찢기고 상처 입은 채 박수 치는 개구쟁이들 한가운데에 나동그라져 있었다. 시몽이 먼지투성이가 되어 더럽혀진 겉옷을 털며 다시 일어나자 누군가가 외쳤다.

"가서 너네 아빠한테 일러."

시몽은 가슴속에서 무언가가 무너져 내리는 듯한 기분을 느꼈다. 자신보다 힘센 애들이니 싸움에서 진 것은 어쩔 수 없었다. 하지만 그들에게 한마디 대꾸도 할 수 없었다. 아빠가 없는 것이 사실이었기 때문이다. 자존심 강한 시몽은 복받쳐오는 울음을 참느라 무던히 애를 썼다. 하지만 이내 숨이 막혔다. 소리 없는 눈물이 주르르 새어 흘렀다. 그는 어깨를 들멍거리며 서럽게 울기 시작했다.

그러자 잔인한 기쁨이 적들 사이에서 솟구쳐 나왔다.

그들은 어느덧 야만인들처럼 손에 손을 잡고 시몽을 빙 둘러싼 채 미친 듯이 춤추며 날뛰었다. 무슨 후렴처럼 "아빠가 없다네, 아빠가 없다네!"를 되풀이하면서.

갑자기 시몽이 울음을 그쳤다. 너무 화가 나서 도저히 진정할 수 없었다. 발밑에 돌멩이들이 보였다. 시몽은 그것들을 주워 자기를 괴롭히는 아이들에게 힘껏 던졌다. 두세 명이 얻어맞고 소리를 지르며 도망갔다. 시몽이 너무도 험상궂은 표정을 하고 있었기 때문에 아이들은 잔뜩 겁을 먹었다. 격노하여 펄펄 뛰는 사람을 마주대한 군중들이 으레 그러듯, 그들은 비겁하게 사방으로 뿔뿔이 흩어져 도망가버렸다.

혼자 남은 이 아비 없는 소년은 들판을 향해 달리기 시작했다. 기억 하나가 벌컥 떠올랐기 때문이다. 그는 고민 끝에 강물에 빠져 죽기로 결심했다.

일주일 전, 구걸해서 먹고살던 가난한 남자 하나가 돈이 다 떨어지자 강물에 몸을 던졌다. 사람들이 그를 건져 올릴 때 시몽도 그 현장에 있었다. 평소 그 남자는 초라하고 불결하고 추해 보였다. 그런데 물에서 건져 올린 불쌍한 그 남자는 창백한 볼에 수염도 물에 젖어 가닥져 있었지만, 평온한 얼굴로 두 눈을 반하게 뜨고 있었다. 시몽은 그때 그 모습에 적잖이 충격받았다. 구경하던 사람들이 말했다. "죽었어." 누군가가 그 말을 받아 "이젠 정말 행복하겠군" 하고 덧붙였다. 그래서 시몽도 물에 빠져 죽을 생각이었다. 돈이 없는 가엾은 그 남자처럼 시몽도 아버지가 없으니까.

강가에 이르러 시몽은 흘러가는 강물을 바라보았다. 맑은 물속에서 물고기 몇 마리가 장난치듯 날래게 뛰놀고 있었다. 물고기들은 이따금 물을 찰락이며 뛰어올라 수면 위를 왱왱대며 날아다니는 파리들을 냉큼 잡아먹곤 했다. 시몽은 그 광경에 정신을 온통 빼앗겨 울음을 그쳤다. 물고기들이 하는 짓이 너무 재미있었기 때문이다. 그러나 폭풍우가 잠시 가라앉은 사이에 갑자기 돌풍이 불어와 나무들을 부러뜨리고 지평선으로 사라지듯, 불현듯 날카로운 고통과 함께 이런 생각이 울컥 되살아났다.

'아빠가 없으니까 강물에 빠져 죽을 거야.'

날씨는 무척 덥고 하늘은 화창했다. 따사로운 햇살이 풀을 달구고 있었다. 강물은 거울처럼 반짝였다. 시몽은 잠시 황홀경에 빠졌고, 울음 끝에 오는 나른함에 온몸이 잦아졌다. 그 따뜻한 풀밭 위로 쓰러져 그대로 잠들고 싶었다.

초록색 작은 개구리 한 마리가 발밑에서 폴짝 뛰었다. 시몽은 개구리를 붙잡으려 했다. 그러나 개구리는 그의 손을 피해 달아났다. 시몽은 개구리를 뒤쫓아가 다시 덮쳤지만 연거푸 세 번이나 놓치고 말았다. 드디어 네번째에 개구리 뒷다리의 끄트머리를 붙잡은 시몽은 개구리가 손에서 벗어나려고 바동거리는 모습을 보며 웃었다. 개구리는 다리를 오므려 힘을 빼고 있다가 갑자기 딱딱한 나무 막대처럼 다리를 쭉 폈다. 금빛 테두리가 둘린 눈동자를 잇달아 굴리면서 앞다리를 손처럼 움직이며 허공을 차기도 했다. 그 모습은 지그재그로 못질해 겹쳐 놓은 가는 나무 판 위에 고정한 작은 병정 인형을 이 개구리와 비슷하게 움직이게 하는 장난감을 떠올리게 했다. 그러자 시몽은 엄마와 집 생각이 났다. 갑자기 커다란 슬픔이 복받쳐 올라 다시 울기 시작했다. 온몸이 우들우들 떨려왔다. 시몽은 무릎을 꿇고 잠자기 전에 하는 것처럼 기도문을 외웠다. 그러나 다시 한차례 흐느낌이 물밀 듯이 밀려와 제대로 기도를 마칠 수가 없었다. 더 이상 아무 생각도 나지 않고 주변을 쳐다보지도 않았다. 그저 우는 데에만 고부라져 있었다.

그때 갑자기 둔중한 손이 어깨에 놓이더니 굵은 목소리가 들려왔다.

"꼬마야, 뭐가 그리 슬프니?"

시몽은 뒤를 돌아보았다. 검은 곱슬머리에 턱수염을 기른, 키가 큰 노동자가 따뜻한 표정으로 그를 내려다보고 있었다. 시몽은 눈물이 그렁그렁한 눈으로 울먹거리며 대답했다.

"애들이 저를 때렸어요…… 없다고…… 아빠가, 아빠가 없다고요."

"저런. 하지만 누구에게나 아빠는 있어."

남자가 생그레 웃으면서 말했다.

아이는 설움에 북받쳐 어깨까지 들먹거리며 힘겹게 말을 이었다.

"저, 저는…… 없어요."

그러자 남자의 얼굴이 심각해졌다. 남자는 이 아이가 라 블랑쇼트의 아들이라는 것을 알아챘다. 그는 이 고장에 온 지 얼마 되지 않았지만 그녀의 사연을 대강 알고 있었다.

그가 말했다.

"자, 얘야, 울지 마라. 나와 함께 엄마에게 가자꾸나. 너에게 아빠를…… 만들어줄게."

큰 사람이 작은 사람 손을 잡고 걷기 시작했다. 남자가 다시 미소 지었다. 라 블랑쇼트를 보게 되어 기분이 좋았기 때문이다. 사람들은 그녀를 두고 이 고장에서 가장 예쁜 여자라고 했다. 어쩌면 그의 마음 깊숙한 곳에서는 한번 몸을 허락한 여자는 또다시 그럴 수 있을 거란 생각이 있었는지도 몰랐다.

그들은 작고 매우 깔끔한, 하얀 집 앞에 도착했다.

"여기예요"라고 아이가 말했다. 그런 다음 큰 소리로 "엄마" 하고 외쳤다.

한 여자가 모습을 드러냈다. 남자의 얼굴에서 일순간 미소가 사라졌다. 극도로 엄숙한 태도로 문 앞에 서 있는 키 크고 창백한 여자를 본 순간, 그는 곧 그녀가 실없는 수작에 응할 상대가 아니라는 사실을 알아챘다. 그녀는 이미 배반당한 적 있는 자기 집 문턱을 두 번은 허용

하지 않겠다는 듯, 문 앞에 버티고 서 있었다. 기가 질린 남자는 모자를 손에 든 채 우물우물 말을 건넸다.

"자, 부인. 여기, 아드님입니다. 강가에서 길을 잃고 헤매고 있더군요."

그러자 시몽은 엄마의 목을 끌어안더니 또다시 눈물을 흘리며 말했다.

"아니에요, 엄마. 난 강물에 빠져 죽으려고 했어요. 애들이 날 때렸어요…… 날 때렸다고요. 아빠가 없다면서요."

젊은 여자의 뺨이 불에 댄 것처럼 벌게졌다. 뼛속 깊은 곳까지 고통을 느끼며, 그녀는 아이를 세차게 끌어안았다. 그녀의 얼굴에 눈물이 주르르 흘러내렸다. 남자는 가슴 한편이 아려왔다. 그는 어떤 식으로 자리를 떠야 할지 몰라 멀거니 서 있었다. 그때 갑자기 시몽이 달려와서 말했다.

"제 아빠가 되어주실래요?"

잠시 무거운 침묵이 흘렀다. 라 블랑쇼트는 부끄럽고 창피한 마음에 말없이 두 손을 가슴에 모으고 벽에 몸을 기댔다. 대답이 없자, 아이는 다시 말을 이었다.

"싫다고 하시면 다시 강에 가서 빠져 죽을 거예요."

남자는 이 상황을 농담으로 넘기려고 웃으며 대답했다.

"그러마. 아빠가 되어주마."

그러자 아이가 다시 물었다.

"아저씨 이름이 뭐예요? 아이들이 물어보면 대답해야 하거든요."

"필리프란다."

남자가 대답했다.

시몽은 그 이름을 머릿속에 잘 기억해두기 위해 잠시 가만히 있었다. 그러고는 이제 다 괜찮아졌다는 듯 두 팔을 내밀며 이렇게 말했다.

"그럼 필리프, 이제 당신은 내 아빠예요."

남자는 시몽을 번쩍 들어 올리더니 두 뺨에 불쑥 입을 맞추고는 성큼성큼 걸어 잽싸게 사라져버렸다.

다음 날 시몽이 학교에 가자 아이들은 또다시 심술궂게 웃으며 그를 맞이했다. 그리고 하굣길에 어제 그 소년이 다시 시비를 걸어오자 시몽은 그 아이의 얼굴에 대고 마치 돌멩이를 던지듯 말을 내뱉었다.

"우리 아빠 이름은 필리프야."

사방에서 우스워 죽겠다는 듯 떠들썩한 소리가 들렸다.

"필리프 누구?…… 무슨 필리프?…… 필리프 뭐라고?…… 너, 어디서 필리프를 찾아온 거야?"

시몽은 아무 대답도 하지 않았다. 이번에는 확고한 믿음을 가지고서, 도망치느니 차라리 맞아 죽겠다는 각오로 눈을 부릅뜨고 아이들을 노려보았다. 때마침 선생님이 지나간 덕분에 무사히 어머니가 기다리는 집으로 돌아갈 수 있었다.

석 달 동안 키 큰 노동자 필리프는 라 블랑쇼트의 집 근처를 자주 지나다녔다. 그녀가 창가에서 바느질을 하고 있을 때면 이따금 용기를 내어 말을 건네기도 했다. 그녀는 예의 바르게, 언제나 정중하게 대답했지만, 결코 그와 마주 보고 웃거나 그를 집 안으로 들이는 법이 없었다. 그러나 남자들 대부분이 그렇듯, 다소 잘난 체하는 구석이 있는 그는 그녀가 자기와 이야기할 때면 평소보다 좀더 얼굴을 붉힌다고 생각했다.

하지만 한번 떨어진 평판은 회복하기가 매우 어렵고 쉽게 나빠지기 마련이라, 라 블랑쇼트가 아무리 극도로 조신하게 처신해도 벌써 여기저기서 수군거리는 소리가 들려왔다.

한편 시몽은 새로 생긴 아빠가 마냥 좋아서 하루 일과가 끝날 때면 저녁마다 그와 산책을 했다. 학교도 열심히 다녔다. 같은 반 친구들에게 일절 대꾸하지 않고 그 애들 사이를 당당하게 지나다니곤 했다.

그러던 어느 날, 시몽을 맨 처음 공격했던 아이가 다가와서는 이렇게 말했다.

"너, 거짓말했지? 필리프는 네 아빠가 아니야."

"그건 또 무슨 소리야?"

시몽은 감정이 북받쳐 상대에게 물었다.

그 아이는 대단한 사실을 알아내기라도 한 듯 손을 비벼대며 말했다.

"그 사람이 네 아빠라면, 네 엄마의 남편이어야 하거든."

시몽은 그 정확한 논리 앞에서 마음이 흔들렸다. 그렇지만 그냥 우겼다.

"그래도 그는 우리 아빠야."

아이가 손을 비비적대며 말했다.

"그럴 수도 있겠지. 하지만 완전히 네 아빠는 아냐."

시몽은 머리를 숙인 채 골똘히 생각에 잠겨서 필리프가 일하는 루아종 영감의 대장간 쪽으로 걸어갔다.

대장간은 나무들 밑에 파묻혀 있는 것처럼 무척 컴컴했다. 오직 무시무시한 화덕의 새빨간 불빛만이 팔을 걷어붙인 채 굉음을 내며 모루를 두들기는 다섯 명의 대장장이를 비추고 있었다. 그들은 자신들이 내리치는 뜨거운 쇠에 눈길을 고정한 채, 마치 불꽃에 휩싸여 있는 악마처럼 느런히 서 있었다. 오르락내리락하는 망치에 따라 그들의 무거운 생각도 올라갔다가 다시 내려오곤 했다.

시몽은 살며시 안으로 들어가 필리프의 소맷자락을 가만히 잡아당겼다. 그가 돌아보았다. 사람들도 하던 일을 멈추고 두 사람을 주의 깊은 눈길로 바라보았다. 그 낯선 정적 한가운데에서 시몽의 작고 가냘픈 목소리가 들려왔다.

"필리프 아저씨, 미쇼드네 애가 조금 전에 그러는데, 아저씨는 완전한 내 아빠가 아니래요."

"왜 그런 말을 했지?"

아이는 들은 말을 그대로 옮겼다.

“아저씨가 엄마의 남편이 아니어서 그렇대요.”

아무도 웃지 않았다. 필리프는 모루 위에 세워진 망치 자루를 잡고 있는 자신의 두툼한 손등에 이마를 댄 채, 잠시 그 자리에 서 있었다. 그러곤 곰곰이 생각했다. 네 명의 동료가 그를 바라보았고, 키 큰 어른들 사이에서 더욱더 작아 보이는 시몽이 불안한 표정으로 그를 지켜보았다. 갑자기 대장장이들 중 한 명이 모두의 생각을 대변이라도 하듯 필리프에게 말했다.

“라 블랑쇼트는 착하고 정직한 여자야. 불행한 일을 겪기는 했지만 용감하고 조신해. 착실한 남자에게 잘 어울리는 여자지.”

“그래, 맞는 말이야.”

세 사람이 덩달아 동의했다.

맨 먼저 말을 꺼낸 대장장이가 다시 말을 이었다.

“그 여자가 과오를 범한 게 어디 그녀 탓인가? 상대가 결혼을 약속했으니 그녀로선 어쩔 수 없었던 거지. 똑같은 행동을 하고도 존경받으며 잘만 사는 여자도 많은걸, 뭐.”

"그럼, 그렇고말고."

다른 세 사람도 한목소리로 외쳤다.

그가 계속 말을 이었다.

"여자 혼자서 사내애를 키우느라 얼마나 고생이 많았겠나. 교회 갈 때 말고는 집 밖으로 나오지도 못하고 얼마나 울었겠나. 그 심정은 오직 하느님만 아실 걸세."

"그 말도 맞아."

세 사람이 말했다.

잠시 화덕의 불을 돋우는 풀무 소리만 들렸다. 갑자기 필리프가 시몽 쪽으로 몸을 굽히더니 이렇게 말했다.

"엄마에게 오늘 저녁에 할 말이 있어 들른다고 전하렴."

그런 다음 아이의 어깨를 밀며 어서 가보라고 했다.

필리프는 다시 일을 시작했다. 다섯 명이 한꺼번에 내는 마치질 소리가 온 대장간에 울려 퍼졌다. 그들은 저녁이 될 때까지 그렇게 힘차게, 강하게, 즐겁게 기분 좋은 망치처럼 쇠를 두들겼다. 축젯날 성당의 큰 종이 다른 종소리를 압도하듯이, 필리프의 망치 소리는 다른 망치 소리를 누르면서 매 순간 귀가 멍해질 정도로 요란하게 이어졌다. 그는 사방으로 날아다니는 불티들 속에서 눈에 불을 켜고 열성적으로 쇠를 벼렸다.

필리프가 라 블랑쇼트의 집 문을 두드렸을 때 하늘에는 이미 별이 촘촘했다. 그는 일요일에만 입는 외출복에 갓 다린 셔츠를 입고 턱수염을 말끔하게 정리한 모습이었다. 라 블랑쇼트는 문간에 서서 난처한 표정으로 말했다.

"이렇게 깊은 밤에 찾아오시면 곤란해요, 필리프 씨."

그는 대답을 하려고 더듬더듬대다가 어쩔 줄 몰라 하며 그녀 앞에 서 있었다.

라 블랑쇼트가 말을 이었다.

"더는 제 이름이 사람들 입질에 오르내려서는 안 된다는 걸 당신도 잘 아시잖아요."

그러자 그가 대뜸 말했다.

"당신이 내 아내가 되어주면 사람들이 당신더러 뭐라 하든 더는 마음 쓸 필요가 없지 않소!"

그러나 아무런 대답도 없었다. 그 대신 어두운 방 안에서 누군가 털썩 바닥에 주저앉는 소리가 들렸다. 필리프는 냉큼 집 안으로 들어갔다. 침대에 누워 있던 시몽은 입맞춤 소리와 함께 엄마가 가만가만 속삭이는 소리를 들었다. 그러다가 느닷없이 자신의 몸이 덩치 큰 친구의 손에 들어 올려지는 것을 느꼈다. 필리프는 헤라클레스처럼 힘센 팔로 시몽을 들고 큰 소리로 외쳤다.

"네 친구들에게 말하렴. 우리 아빠는 대장장이 필리프 레미라고. 만일 누가 너를 괴롭히면, 그게 누구든 아빠가 귀를 잡아당겨줄 거라고 말이야."

다음 날 교실 안이 아이들로 가득 차 수업이 시작되려고 할 때, 시몽은 창백하게 굳은 얼굴로 자리에서 일어났다. 입술은 떨면서도 또박또박 말했다.

"우리 아빠는 대장장이 필리프 레미야. 아빠가 나를 괴롭히는 사람은 그게 누구든 귀를 잡아당겨줄 거라고 그랬어."

이번에는 아무도 웃지 않았다. 모두들 대장장이 필리프 레미를 잘 알고 있었기 때문이다. 그리고 그가 아빠라면 누구나 자랑스러워할 만했기 때문이다.

의자 고치는 여자

La rempailleuse

§

레옹 에니크에게

베르트랑 후작의 저택에서 열린 사냥 시즌을 축하하는 만찬이 끝나갈 무렵이었다. 환한 불빛 아래 꽃과 과일로 장식된 커다란 식탁에는 열한 명의 사냥꾼과 여덟 명의 젊은 부인 그리고 마을의 의사가 둘러앉아 있었다.

사랑이 그들의 화제로 떠올랐다. 일생에 걸쳐 진실한 사랑은 단 한 번뿐인지, 아니면 몇 번이라도 가능한지를 놓고 열띤 토론이 시작되었다. 끝없이 토론이 이어졌다. 어떤 이들은 평생토록 한 사람만 진심으로 사랑한 사람들을 예로 들었고, 또 다른 이들은 몇 차례나 격정적으로 사랑한 적 있는 사람들을 예로 들면서 반박했다. 대체로 남자들은 사랑의 정념이란 질병과도 같아서 한 사람이 여러 번 앓을 수도 있고, 그 앞에 장애물이 가로막혀 있는 경우 그를 죽음에 이르게 할 수도 있다고 주장했다. 이런 견해는 딱히 반박할 여지가 없었지만, 여자들은 객관적인 관찰보다 감상을 앞세우며 사랑이란, 참으로 진실하고 위대한 사랑이란, 평생에 단 한 번밖에 할 수 없는 것이라고 단언했다. 그리고 그런 사랑은 벼락과도 같아서, 일단 사랑의 벼락을 맞은 뒤에는 마음이 공허해지고 황폐해지고 남김없이 타버려, 그 후로는 아무리 강렬한 감정이라 할지라도, 아니 그저 꿈일지언정 그 자리에 다시 움틀 수는 없을 거라고 주장했다.

여러 번의 연애 경험이 있는 후작은 여자들의 이런 신념을 강력히 반박했다.

"단언컨대, 몇 번이라도 온 힘과 마음을 다해 사랑할 수 있습니다. 여러분은 한 번 이상의 열정적 사랑이 불가능하다는 증거로, 사랑 때문에 자살한 이들을 예로 들었습니다. 하지만 그에 대한 제 생각은 이렇습니다. 그들이 만일 자살이라는 어리석은 선택을 하지 않았더라면, 그래서 다시 사랑할 수 있는 기회를 그런 식으로 내던지지 않았더라면, 그들은 그 실연의 상처에서 회복되었을 것입니다. 그랬더라면 그들은 죽을 때까지 다시 사랑을 시작했을 것입니다. 사랑에 빠진 사람들이란 술꾼들과 다를 바 없습니다. 술도 마셔본 자가 또다시 찾듯, 사랑도 해본 자가 다시 사랑하게 마련입니다. 그러니 그건 기질의 문제인 거지요."

사람들은 의사를 중재인으로 내세우고 그에게 의견을 물었다. 그는 파리 사람이지만, 지금은 은퇴해서 시골에 와 지내고 있었다.

그는 그 문제에 대해 딱히 견해가 없었다.

"후작께서 방금 말씀하셨듯이 그것은 기질의 문제입니다. 그러나 저는 55년 동안 단 하루도 쉬지 않고 지속된, 죽음이 찾아와서야 비로소 끝이 난 열정적 사랑을 알고 있습니다."

후작 부인이 손뼉을 쳤다.

"참 아름다운 이야기군요! 그런 사랑을 받는다는 건 얼마나 꿈같은 이야기예요! 55년 동안 그처럼 열렬하고 굳건한 사랑을 받으며 살았던 그 남자는 얼마나 행복했을까요! 그는 분명 행복했을 거예요. 참으로 축복받은 인생이라고 말할 수 있죠."

의사는 미소 지으며 말했다.

"그렇습니다, 부인. 사랑받은 사람이 남자라고 하셨는데, 부인의 추측이 틀리지 않았습니다. 그 사람은 바로 여러분도 잘 아는 약제사 슈케 씨랍니다. 그리고 그를 사랑했던 여자 역시 여러분이 아는 사람이죠. 매년 성에 찾아와 의자를 고치는 바로 그 노파랍니다. 그러면 이제부터 좀더 자세히 설명드리겠습니다."

그러나 부인들의 호응은 시들해졌다. 흥이 깨져 싱거워진 부인들의 얼굴에는 경멸의 기색이 역력했다. 마치 사랑이란 세련되고 고상한 사람들만의 전유물인 양, 훌륭한 사람들의 사랑만이 그들의 관심을 받을 만하다고 생각하는 듯했다.

의사가 이야기를 시작했다.

*

석 달 전에 저는 그 노파의 임종에 불려 갔습니다. 노파는 그 전날, 자신이 집처럼 사용하던 마차를 타고 이곳에 도착했습니다. 여러분도 한 번쯤 본 적 있는, 늙다리 말 한 필이 끄는 그 마차 말입니다. 그 곁에는 친구 겸 보호자인 커다란 검은 개 두 마리가 따라다녔지요. 제가 그곳에 도착했을 때 신부님은 벌써 와 계셨습니다. 노파는 우리 두 사람을 유언 집행인으로 정한 뒤, 유언의 의미를 알리려고 자신이 한평생 살아온 이야기를 들려주었습니다. 저는 여태껏 그보다 더 기이하고 가슴 아픈 이야기는 들어본 적이 없습니다.

그녀의 아버지와 어머니는 의자 고치는 사람이었습니다. 그래서 그녀는 한 번도 땅에 터를 잡고 지은 집에서 살아본 적이 없었습니다.

그녀는 아주 어렸을 때부터 더럽고 이가 들끓는 누더기를 걸친 채 이 마을 저 마을을 돌아다녔다고 합니다. 가족들은 마을 어귀 도랑가에 마차를 세우고 말을 풀어놓았습니다. 그러면 말은 풀을 뜯고, 개는 앞발 위에 주둥이를 얹어놓은 채 잠을 잤습니다. 그리고 어린 소녀는 아버지와 어머니가 느릅나무 그늘에 앉아 마을의 낡은 의자들을 수리하는 동안, 풀밭을 뒹굴며 놀았습니다.

이동 숙소인 마차 안에서도 별다른 말을 하지 않았습니다. 마을로 들어가 "의자 고치세요!" 하고 외치며 집집마다 돌아다니는 일을 누가 할지 정하려고 몇 마디 나누는 것 말고는 서로 마주 앉거나 나란히 앉아 새끼를 꼬았습니다. 아이가 너무 멀리 가거나 마을의 개구쟁이들과 어울리려고 하면, 아버지는 성난 목소리로 아이를 부르며 이렇게 말했다고 합니다. "어서 이리 오지 못해, 이 몹쓸 계집아!" 이것이 그녀가 부모에게서 들은 유일한 애정의 말이었습니다.

아이가 좀더 자라자, 부모는 아이에게 망가진 의자 좌판을 모아 오게 했습니다. 그러다가 소녀는 이 마을 저 마을에서 몇몇 아이들을 알게 되었는데, 이번에는 새로 사귄 친구들의 부모가 자기 아이를 거칠게 불러들였습니다. "이 녀석, 썩 이리 오지 못해! 비렁뱅이랑 사귀면 못쓴다고 했지!"

종종 꼬마 녀석들이 소녀를 향해 돌을 던지기도 했습니다.

마을의 부인들이 동전 몇 닢을 던져주면, 소녀는 그것을 소중하게 간직했습니다.

어느 날—그때 그녀는 열한 살이었습니다—소녀가 이 마을을 지나가다가, 친구한테 동전 2리야르*를 빼앗기고 묘지 뒤에서 울고 있던 꼬마 슈케를 만났습니다. 그 어린 부잣집 소년의 눈물은 그녀의 마음을 흔들어놓았습니다. 불우하기만 했던 소녀의 빈약한 상상력으로는, 부잣집 아이들은 언제나 즐겁고 부족함이 없을 거라고 생각했으니까요. 소녀는 소년에게 다가갔습니다. 그리고 소년이 슬퍼하는 이유를 알게 되자, 자기가 모은 전 재산인 7수를 소년의 손에 쥐여주었습니다. 물론 소년은 눈물을 훔치면서 그 돈을 받았습니다. 그러자 소녀는 너무나 기쁜 나머지 소년을 끌어안고 입을 맞추었습니다. 소년은 돈에 정신이 팔린 나머지 소녀가 하는 대로 가만있었습니다. 소년이 자신을 밀어내지도 뿌리치

* 1리야르liard는 4분의 1수sou이다. 유로화 사용 이전에 프랑스의 기본 화폐는 지폐와 동전 그리고 보조화폐(화폐보다 작은 단위의 주화)인 상팀centime으로 나뉘어 있었다. 지폐는 500, 200, 100, 50, 20단위, 동전은 20, 10, 5, 2, 1, 2분의 1단위이며 상팀은 20, 10, 5단위로 구성되었다. 1프랑 동전은 100상팀을, 20상팀 다섯 개는 1프랑과 같은 가치를 지니고 있었다. 프랑스의 옛 화폐 단위인 1수는 5상팀에 해당하는 동전을 말한다.

지도 않자, 그녀는 또다시 용기를 냈습니다. 두 팔을 크게 벌려 있는 힘껏 소년을 껴안고 입을 맞춘 거죠. 그러고는 도망쳐 사라졌습니다.

그 후 이 가련한 소녀의 머릿속에는 무슨 일이 일어났을까요? 떠돌이 생활을 하면서 모은 전 재산을 그 아이에게 주었기 때문에, 혹은 세상에 태어나서 처음으로 애정 어린 입맞춤을 경험했기 때문에 그 소년에게 사랑의 감정을 느낀 걸까요? 사랑의 불가사의는 어른에게나 아이에게나 마찬가지인 겁니다.

몇 달 동안 소녀는 묘지 뒤편 구석진 자리와 그 소년에 대한 꿈을 꾸었습니다. 그를 다시 보고 싶은 마음에 부모의 돈을 훔치기도 하고, 의자를 수리한 대가로 받은 돈이나 식료품을 사 오라고 받은 돈에서 1수씩을 몰래 빼돌리기도 했습니다.

그리하여 이곳에 다시 왔을 때 소녀의 주머니에는 2프랑이 들어 있었습니다. 하지만 소녀는 그 소년을, 소년의 아버지가 운영하는 약국 유리창 너머로만 볼 수 있었습니다. 그 꼬마 약제사는 말쑥하게 차려입고 빨간 저장용 병과 조충 표본병 사이에 서 있었습니다.

소녀는 약국에 진열되어 있는 울긋불긋한 약물들의 광채와 반짝거리는 유리병들의 찬란함에 매료되고 감동받고 황홀해져서, 그를 더욱더 사랑하게 되었습니다.

소녀의 가슴속에는 그에 대한 지울 수 없는 추억이 아로새겨졌습니다. 이듬해 학교 뒤편에서 친구들과 구슬치기를 하는 소년을 보았을 때, 소녀는 그에게 달려들어 두 팔 가득 꽉 껴안고 미친 듯이 입을 맞추었습니다. 겁먹은 소년이 울면서 크게 소리 질렀습니다. 그러자 소녀는 그를 달래기 위해 자신이 갖고 있던 돈을 모두 주었습니다. 3프랑 20수나 되는 큰돈이었습니다. 소년은 눈이 휘둥그레져서 그 돈을 바라보았답니다.

소년은 그 돈을 받고 소녀가 마음껏 입맞춤하도록 내버려 두었습니다.

그 후 4년 동안 소녀는 자신이 모은 돈을 전부 소년의 손에 쥐여주었습니다. 소년은 입맞춤의 대가라고 생각해 별 거리낌 없이 그 돈을 주머니 속에 넣었습니다. 어떤 해는 30수, 다음 해에는 2프랑, 그다음 해에는 12수(이때 그녀는 마음이 괴롭고 부끄러워 눈물을 흘렸습니다. 운이 나쁜 해였습니다)를, 그리고 마지막 해에는 5프랑짜리 커다란 동전 하나를 건네주었습니다. 소년은 그것을 받고 흡족해서 미소 지었습니다.

소녀는 이제 소년밖에 생각하지 않았습니다. 소년 또한 소녀가 마을에 오기를 고대했습니다. 소녀가 나타나면 소년은 달려가서 소녀를 맞이했고, 그것은 어린 소녀의 가슴을 한껏 뛰게 했습니다.

그런데 언제부터인가 소년의 모습이 보이지 않았습니다. 중학교 기숙사에 들어갔거든요. 그녀는 솜씨 좋게 질문해 그 사실을 알아냈습니다. 이에 소녀는 갖은 방법을 써서, 소년의 방학에 맞춰 이곳을 지날 수 있게끔 부모의 동선을 바꾸는 데 성공했습니다. 무려 1년이라는 시간을 쏟아부은 후에야 그 뜻을 이루었지요. 다시 말해 2년 동안이나 소년을 보지 못한 셈이었습니다. 가까스로 소년을 만났을 때, 소녀는 소년을 한눈에 알아보지 못했습니다. 그는 무척 변해 있었습니다. 키가 훌쩍 자란 소년은 더 멋있어졌고, 금단추가 달린 교복을 입은 모습은 당당해 보였습니다. 하지만 소년은 소녀를 못 본 척하며 거만한 표정으로 옆을 지나쳐 갔습니다.

그녀는 이틀 내내 울었습니다. 그리고 이후 그녀의 고

통은 커져만 갔습니다.

그녀는 매년 이 마을에 들렀지만, 그를 마주쳐도 인사조차 건네지 못했습니다. 그도 그녀에게 눈길 한번 주지 않았습니다. 그녀는 그를 미칠 듯이 사랑했습니다. 그녀는 이렇게 말했습니다. "의사 선생님, 그는 제가 이 세상에서 본 유일한 남자였습니다. 저는 그 사람 말고 다른 남자들이 세상에 존재하는지조차 몰랐답니다."

그러던 중 그녀의 부모가 세상을 떠났습니다. 그녀는 부모가 하던 일을 그대로 물려받았습니다. 그러나 개는 한 마리에서 두 마리로 늘었습니다. 개들이 어찌나 사나운지, 누구도 감히 건드리지 못했습니다.

어느 날 그녀의 마음이 늘 머물러 있는 이 마을을 다시 찾았을 때, 그녀는 자신이 사랑하는 그 남자가 어떤 젊은 여자와 팔짱을 낀 채 슈케 약국에서 나오는 것을 보았습니다. 젊은 여자는 그의 아내였습니다. 그가 결혼한 것입니다.

바로 그날 저녁, 그녀는 면사무소 광장에 있는 연못에 몸을 던졌습니다. 밤늦게 귀가하던 술 취한 행인이 그녀를 건져내 약국으로 데리고 갔습니다. 그는 그녀를 치료하기 위해 잠옷 차림으로 내려왔지만, 그녀에게 아는 척도 하지 않았습니다. 그저 그녀의 옷을 벗기고 몸을 닦아주면서 무뚝뚝한 목소리로 이렇게 말했을 뿐입니다. "당신 미쳤군요! 이렇게 바보 같은 짓을 하면 못써요."

그 한마디로 그녀는 단숨에 치유되었습니다. 어쨌든 그가 그녀에게 말을 건넸으니까요!

그녀는 한사코 치료비를 내려고 했지만, 그는 한 푼도 받으려 하지 않았습니다.

그녀의 삶은 그렇게 흘러갔습니다. 그녀는 슈케를 생각하면서 의자에 짚을 갈아 넣었고, 해마다 이 마을에 들러 약국 유리창 너머로 그의 모습을 바라보았습니다. 그녀는 그의 약국에서 자질구레한 약품을 사곤 했습니다. 이런 식으로 가까이에서 그를 보았고 그에게 말을 건넸으며 돈도 주었던 것입니다.

처음에 말씀드렸듯이 그녀는 올봄에 죽었습니다. 그녀는 저에게 이 슬픈 이야기를 전부 들려준 뒤, 자신이 온 생애를 바쳐 그토록 사랑한 그 남자에게 그녀가 평생 모은 돈을 전해달라고 부탁했습니다. 그녀는 말했습니다. 자신은 오로지 그 남자만을 위해 일했고, 자신이 죽고 나면 그가 적어도 한 번은 자신을 생각해주리라는 믿음으로 굶으면서까지 돈을 모았다고요.

그러고는 제게 2,327프랑을 건네주었습니다. 저는 그 중 27프랑을 장례비로 신부님께 드리고, 그녀가 임종하는 것을 지켜본 뒤 남은 돈을 집으로 가져왔습니다.

이튿날 저는 슈케 부부를 찾아갔습니다. 그들은 마침 점심 식사를 끝낸 참이었습니다. 퉁퉁한 몸집에 혈색도 불그스레하니 좋았습니다. 약 냄새가 풍겼고 거드름을 피우며 흡족한 표정으로 서로 마주 보고 있더군요.

부부는 제게 앉으라고 권한 뒤 버찌 술을 한잔 따라주었습니다. 저는 한 모금 마시고 나서 감격에 겨운 목소리로 이야기를 꺼냈습니다. 그들이 눈물을 흘릴 것이라고 확신하면서.

그런데 슈케 씨는 자신이 그 떠돌이 여자, 떠돌아다니며 의자나 고치는 그런 여자한테 사랑받았다는 사실을 알고는 펄쩍 뛰며 화를 냈습니다. 자신이 그동안 쌓아 올린 평판과 세상 사람들에게 받는 존경, 개인적인 명예 등 그에게 목숨보다 소중한 고귀한 무언가를 마치 훔쳐 가기라도 한 것처럼 노발대발했습니다.

부인도 남편 못지않게 화를 내며 말하더군요.

"그 거지가! 그 거지가요! 그……"

그녀는 그 외의 다른 말은 찾지 못했습니다.

슈케 씨는 자리에서 일어나더니 식탁 뒤로 성큼성큼 걸어가더군요. 챙 없는 그리스 모자가 기울어 귀를 뒤덮고 있었습니다.

그가 어물대며 말했습니다.

"선생님, 이런 날벼락 같은 일이 어디 있습니까? 이건 남자에게는 끔찍한 일입니다. 어떡해야 하죠? 그 여자가 살아 있을 때 알았더라면 경찰에 신고해서 그 짓거리를 그만두게 하고, 그 여자를 감옥에 처넣었을 텐데…… 그러면 그녀는 평생 거기에서 나오지도 못했을 테고요. 암, 그렇고말고요."

선의로 한 행동이 이런 예상치 못한 반응을 초래하자, 저는 한동안 멍했습니다. 무슨 말을 해야 할지, 어떻게 해야 할지 알 수가 없었습니다. 하지만 제게 맡겨진 임무는 끝까지 완수해야 했으므로 다시 입을 열었습니다.

"마지막으로 그녀는 제게, 자신이 평생 모은 돈을 당신에게 전해달라고 부탁했습니다. 2,300프랑에 달하는 돈입니다. 하지만 그녀가 당신을 사랑했다는 사실이 당신을 몹시 불쾌하게 만든 것 같으니, 이 돈을 불쌍한 사람들에게 나눠주는 게 좋을 것 같군요."

남편과 아내는 충격받은 나머지 꼼짝도 못 하고 저를 바라보더군요.

저는 주머니에서 돈을 꺼냈습니다. 온갖 지역의, 온갖 표시가 있고, 금화와 동전이 뒤섞여 있는, 그야말로 눈물겨운 돈이었습니다.

저는 물었습니다.

"자, 어떻게 하시겠습니까?"

슈케 부인이 먼저 입을 열었습니다.

"그것이 그 여자의 마지막 소원이라니…… 우리로서는 거절하기가 여간 어렵지 않겠는데요."

남편도 조금 당황스러워하며 말했습니다.

"어쨌든 그 돈으로 우리 아이들에게 뭔가 사 줄 수는 있겠군요."

저는 퉁명스레 말을 뱉었습니다.

"마음대로 하십시오."

슈케 씨가 다시 말했습니다.

"어쨌든 제게 주십시오. 그 여자가 당신에게 그렇게 부탁한 것이니까요. 뭔가 좋은 일에 쓸 수 있는 방법을 찾아보겠습니다."

저는 돈을 주고 인사를 한 다음 그곳을 떠났습니다.

이튿날 슈케 씨가 저를 찾아왔습니다. 그러더니 다짜고짜 이렇게 말하더군요.

"그런데 그…… 그 여자가 자기 마차도 여기에 놔뒀습니까? 그 마차는 어떻게 하실 겁니까?"

"아니요, 원한다면 가져가십시오."

"마침 잘됐습니다. 그것으로 채소밭에 오두막이나 하나 만들어야겠어요."

저는 뒤돌아가는 슈케 씨를 불러 세웠습니다.

"그녀가 늙은 말과 개 두 마리도 남겼는데, 데려가시겠습니까?"

그는 깜짝 놀라 멈춰 서더니 대답하더군요.

"아, 아닙니다. 천만에요. 그것들을 어디다 쓰겠습니까? 선생님 마음대로 처분하십시오."

그는 이렇게 말하더니 웃더군요. 그리고 제게 손을 내

밀더군요. 저는 악수를 했습니다. 어쩌겠습니까? 한 마을에서 의사와 약제사가 서로 적이 될 필요는 없으니까요.

저는 개를 맡아 기르기로 했고, 넓은 뒤뜰이 있는 신부님이 말을 맡기로 했습니다. 마차는 슈케 씨 채소밭의 오두막이 되었고, 그녀한테서 받은 돈으로 슈케 씨는 철도 채권 다섯 장을 샀다고 합니다.

이것이 제가 지금껏 살아오면서 목격한 단 하나의 심오한 사랑입니다.

*

말을 마친 의사는 침묵을 지켰다.

그러자 후작 부인이 눈에 눈물이 그렁그렁한 채로 한숨을 쉬며 말했다.

"정말이지, 사랑을 할 줄 아는 건 여자들뿐이군요."

전원에서

Aux champs

§

*옥타브 미르보*에게*

작은 온천 도시와 가까운 한 언덕 기슭에 초가집 두 채가 나란히 자리하고 있었다. 두 집 아버지들은 어린 자식들을 먹여 살리느라 그 척박한 땅에서 힘들게 농사일을 하며 지냈다. 두 집에는 각각 아이들이 네 명 있었다. 이웃한 두 개의 문 앞은 아침부터 저녁까지 아이들로 복작거렸다. 두 집 모두 제일 큰애가 여섯 살이었고

* Octave Mirbeau(1848~1917). 프랑스 소설가, 극작가. 사실적 필치로 부르주아 사회의 이면을 폭로·풍자했다. 작품으로 『어느 하녀의 일기』 『사업은 사업이다』 등이 있다.

막내가 15개월가량이었다. 이들 부부는 거의 같은 시기에 결혼했고 또 출산했던 것이다.

두 집 어머니들은 한데 섞여 있는 아이들 속에서 자기 아이들을 겨우 분간해냈고, 아버지들은 매번 헷갈렸다. 이름 여덟 개가 머릿속에서 엉클어져 끊임없이 뒤섞였다. 아이 하나를 부르려면 종종 이름 서너 개를 부르고서야 맞는 이름을 찾을 수 있었다.

롤포르 정수장에서 오는 길목 첫번째 집에는 튀바슈 가족이 살고 있었다. 그들은 딸 셋과 아들 하나를 두었다. 그 뒷집이 발랭네 집으로 그들은 반대로 딸 하나에 아들 셋을 두었다.

그들 모두는 수프와 감자를 먹고 시골 공기를 마시며 근근이 살아가고 있었다. 아침 7시와 정오 그리고 저녁 6시에 어머니들은 거위 키우는 사람이 거위를 불러 모으듯, 아이들을 불러 모아 수프를 주었다. 아이들은 50년이나 써서 반들반들하게 닳은 나무 탁자에 나이순으로 앉았다. 막내의 입이 겨우 탁자에 닿을 만큼의 높이였다. 그들 앞에는 오목한 접시가 놓였다. 그 속에는 빵이 들어 있었는데, 감자와 양배추 반 통, 양파 세 개를 삶아 걸러낸 맑은 수프에 담겨 물렁물렁하고 눅눅했다. 아이들은 식탁에 달려들어 배가 찰 때까지 먹었다. 막내는 아직 어려서 엄마가 직접 떠먹였다. 일요일에는 채소를 뭉근히 익혀 만든 스튜에 고기를 조금 넣은 특식을 먹었는데, 그것은 모두에게 큰 즐거움이었다. 그런 날이면 아버지는 식탁에 눌러앉아 꾸물거리면서 몇 번이고 "매일 이렇게 먹으면 좋겠다"라는 말을 되풀이했다.

8월의 어느 오후, 날렵한 마차 한 대가 두 초가집 앞에 멈춰 섰다. 직접 마차를 몰던 젊은 여자가 옆에 앉은 신사에게 말했다.

"어머나, 봐요, 앙리. 아이들이 정말 많아요! 어쩜, 예쁘기도 해라! 먼지 속에서 오글거리고 있어요!"

남자는 아무런 대꾸도 하지 않았다. 이미 그는 고통스러울뿐더러 거의 비난이나 다름없는 그런 감탄에 익숙해져 있었다.

젊은 여자가 다시 말했다.

"저 아이들을 안아줘야겠어요! 아! 저 아이들 중 하나가, 저기 저 조그만 아이가 내 아이라면 얼마나 좋을까!"

그녀는 마차에서 뛰어내려 아이들 쪽으로 달려가더니

가장 어린 두 아이 중 튀바슈네 막내를 두 팔로 안아 올리고는 때 묻은 아이의 양쪽 뺨에, 흙투성이가 된 곱슬머리 금발에, 그녀의 성가신 입맞춤에서 벗어나려고 버둥거리는 작은 손에 쉴 새 없이 입을 맞추었다.

그런 다음 마차에 올라타 서둘러 떠났다. 그러나 그녀는 그다음 주에 다시 찾아와 튀바슈네 막내를 품에 안고서 땅바닥에 주저앉아 과자를 실컷 먹였다. 다른 아이들에게도 사탕을 주었다. 그녀는 마치 어린아이처럼 아이들과 어울려 놀았다. 그러는 동안 그녀의 남편은 매끈하게 단장한 마차 안에서 진득하게 기다리고 있었다.

그녀는 또다시 찾아왔고, 이번에는 부모들과 인사를 나누었다. 그다음부터는 매일같이 주머니에 사탕 과자와 동전을 가득 넣고 튀바슈네 집을 방문했다.

그녀는 뒤비에르 부인이었다.

어느 날 아침, 이번에는 그녀의 남편도 함께 마차에서 내렸다. 그런 다음 그녀를 알아보고 반기는 아이들을 지나쳐 집 안으로 들어갔다.

농부 내외는 수프를 끓이려고 장작을 패는 중이었다. 그들은 깜짝 놀라 일어서서 의자를 내주고는 가만히 기다렸다. 잠시 후 젊은 여인이 떨리는 목소리로 떠듬떠듬 말하기 시작했다.

"여러분, 제가 이렇게 찾아온 것은 실은…… 댁의…… 댁의 막내 아드님을 꼭 데려가고 싶어서……"

농부 부부는 어리둥절하고 얼떨떨해서 아무 대답도 하지 못했다.

뒤비에르 부인이 숨을 돌린 다음, 말을 이어 나갔다.

"우리에겐 아이가 없어요. 남편과 저, 둘뿐이지요. 우리가 댁의 아드님을 돌보고 싶은데…… 괜찮으시겠어요?"

그제야 말뜻을 이해한 농부의 아내가 그녀에게 물었다.

"그러니까 우리 샤를로를 데려가겠다는 거예요? 아니, 안 돼요. 그건 절대 안 돼요."

그러자 뒤비에르 씨가 끼어들었다.

"제 아내가 제대로 설명드리지 못한 것 같군요. 우리는 댁의 아이를 양자로 삼고 싶습니다. 그렇다고 영영 아이를 못 보는 건 아닙니다. 아이가 두 분을 뵈러 다시 올 테니까요. 아이가 별 탈 없이 잘 자라면 아이는 우리의 상속자가 될 겁니다. 혹여 우리에게 아이가 생기더라도 똑같은 몫을 상속받을 거고요. 설령 아이가 우리의 기대에 못 미칠 경우엔, 성년이 되는 해에 2만 프랑을 줄 겁니다. 이 내용은 지금 바로 아이 명의로 공증인에게 위탁해놓을 거예요. 그리고 두 분을 배려하는 차원에서 돌아가실 때까지 매달 100프랑씩 드릴 생각입니다. 이해가 되셨나요?"

농부 아낙네는 몹시 화를 내며 자리에서 일어났다.

"그러니까 우리 샤를로를 당신들에게 팔란 말이에요? 아! 절대로 안 돼요. 애 엄마에게 어떻게 그런 걸 요구해요! 절대로 안 돼요! 그건 있을 수 없는 일이에요."

농부는 심각한 얼굴로 골똘히 생각하면서 아무 말도 하지 않았다. 그러나 고개를 계속 끄덕이며 아내의 말에 동의를 표했다.

뒤비에르 부인은 어찌해야 좋을지 몰라 울기 시작했다. 그녀는 남편을 바라보며 잔뜩 울먹이는 목소리로, 언제나 제 마음대로 해온 철부지 어린애 같은 목소리로 더듬더듬 말했다.

"이분들이 싫대요, 앙리. 이분들이 싫대요!"

뒤비에르 부부는 마지막으로 한 번 더 애원해보았다.

"하지만 여러분, 아이의 미래를, 아이의 행복을…… 생각해보세요."

농부의 아내는 불같이 화를 내며 말을 잘랐다.

"더 들을 것도, 더 보고 자시고 할 것도 없어요…… 그만 가세요. 다시는 여기 오지 마세요. 이런 식으로 아이를 데려갈 수 있다고 생각했나요!"

뒤비에르 부인은 집을 나오면서 작은 꼬마가 둘이었던 것이 떠올랐다. 그녀는 슬픈 와중에도, 제멋대로에 응석받이이며 원하는 건 당장 손에 넣어야 직성이 풀리는 특유의 고집스러운 태도로 다시 물었다.

"다른 꼬마는 당신들의 아이가 아니죠?"

그러자 튀바슈 씨가 대답했다.

"네, 옆집 아이입니다. 원한다면 옆집에 가보세요."

그는 그렇게 말하고 집 안으로 들어가버렸다. 안에서는 화난 아내의 목소리가 쩌렁쩌렁 울리고 있었다.

옆집에 사는 발랭 부부는 식사 중이었다. 그들은 가운데 놓인 접시에서 곰팡이 핀 버터를 작은 칼로 조금 떠 빵 조각에 얇게 바른 다음, 천천히 먹고 있었다.

뒤비에르 씨는 자신의 제안을 그들에게 다시 설명했

다. 하지만 이번에는 좀더 완곡하게, 조심스러운 표현을 써서 교묘하게 말했다.

두 촌사람은 거절 의사로 고개를 저었다. 그러나 한 달에 100프랑씩 받게 된다는 얘기를 듣자, 무척 동요되어 서로 눈짓을 주고받으면서 심사숙고했다.

그들은 한참 동안 괴로워하고 망설이며 아무 말도 하지 않았다. 마침내 아내가 물었다.

"여보, 당신은 어떻게 생각하세요?"

남편은 거드름 피우며 대답했다.

"무시할 만한 제안은 아니라고 생각하는데."

그러자 뒤비에르 부인이 초조해하면서 아이의 장래와 행복 그리고 아이가 나중에 부모에게 줄 수 있는 돈에 대해 늘어놓았다.

농부가 물었다.

"해마다 1,200프랑씩 준다는 사항을 공증해주실 건가요?"

뒤비에르 씨가 대답했다.

"물론이죠. 내일이라도 해드리지요."

생각에 잠겨 있던 농부의 아내가 입을 열었다.

"한 달에 100프랑은 애를 데려가는 대가로 충분하지 않아요. 몇 해만 지나면 그 애도 일을 하게 될 테니까요. 120프랑은 주셔야겠어요."

초조한 나머지 발을 동동 구르고 있던 뒤비에르 부인은 즉시 그녀의 제안을 받아들였다. 당장 아이를 데려가고 싶었던 그녀는 남편이 문서를 작성하는 동안 그들에게 선물로 100프랑을 더 얹어주었다. 면장과 이웃 사람 한 명이 증인으로 불려왔고, 기꺼이 증인이 되어주었다.

뒤비에르 부인은 행복에 겨운 미소를 지으며 마치 가게에서 원하던 골동품을 사 가듯, 울부짖는 아이를 데려갔다.

튀바슈 부부는 문가에 서서 말없이 엄숙한 표정으로 그들이 떠나는 것을 바라보았다. 어쩌면 그들은 그 제안을 거절한 것을 후회하는지도 몰랐다.

그 이후로 꼬마 장 발랭에 대한 소식은 전혀 들리지 않았다. 장의 부모는 매달 공증인에게 120프랑을 받으러 갔다. 두 이웃은 사이가 틀어졌다. 튀바슈 부인이 집마다 돌아다니며 자식을 팔아먹다니 도저히 인간이 할 짓이 아니라고, 그것은 끔찍하고 추잡하며 타락한 짓이라고 끊임없이 욕을 해댔기 때문이다.

때때로 튀바슈 부인은 보란 듯이 자기 아들 샤를로를 안고 나타나, 마치 아이가 말을 알아듣기라도 하는 양 큰 소리로 외쳤다.

"나는 너를 팔지 않았어. 아가, 나는 너를 팔지 않았단다. 나는 자식을 팔아먹는 사람이 아니야. 부자는 아니지만, 그래도 자식을 팔지는 않아."

그렇게 몇 년 동안, 그 후로도 계속 그녀는 매일 문 앞에 서서 이웃집 들으라는 듯 상스러운 욕을 퍼부었다. 마침내 튀바슈 부인은 자신이 샤를로를 팔지 않았다는 사실만으로 이 지방에서 제일 훌륭한 사람이라고 믿게 되었다. 그리고 마을 사람들은 이렇게 말하곤 했다.

"그건 정말 귀가 솔깃한 제안이었어. 어쨌든 그녀는 엄마로서 할 도리를 다했어."

사람들은 그녀를 칭찬했다. 이제 열여덟 살이 된 샤를로도 귀에 못이 박이도록 그 이야기를 듣고 자란 탓에 자기가 친구들보다 우월하다고 생각했다. 왜냐하면 그의 부모는 그를 팔지 않았으므로.

발랭 부부는 뒤비에르 부부가 보내주는 돈 덕분에 비교적 넉넉하게 살아갈 수 있었다. 여전히 비참한 생활을 하는 튀바슈네의 분노가 가라앉지 않는 이유도 바로 거기에 있었다.

발랭 부부의 큰아들은 군대에 갔고, 둘째 아들은 죽었다. 튀바슈네 샤를로는 혼자 늙은 아버지와 어머니, 어린 두 여동생을 부양하느라 온갖 고생을 해야만 했다.

샤를로가 스물한 살이 되던 해였다. 어느 날 아침, 멋진 마차 한 대가 두 초가집 앞에 멈춰 섰다. 금으로 된 회중시계를 찬 젊은 남자가 마차에서 내리더니, 백발의 노부인이 내리도록 손을 잡아주었다.

노부인이 말했다.

"저 집이다, 얘야. 저기 두번째 집이야."

그러자 마치 제집에 온 것처럼 발랭 부부의 오두막집 안으로 들어갔다.

늙은 아낙은 앞치마를 빨고 있었다. 몸이 불편한 발랭 노인은 난로 옆에서 졸고 있었다. 두 사람이 고개를 들자 젊은 남자가 말했다.

"아버지 어머니, 안녕하셨어요?"

그들은 놀라서 벌떡 일어났다. 농부의 아내는 흥분해서 물속에 비누를 떨어뜨리고는 더듬더듬 말했다.

"네가 바로 내 아들이냐? 네가 분명 내 아들이야?"

젊은 남자는 그녀를 부둥켜안고 다시 한번 말했다.

"어머니, 그동안 안녕하셨어요?"

"정녕 네가 돌아왔구나, 장."

마치 한 달 전에도 그를 만난 것처럼.

인사가 끝나자 발랭 부부는 곧바로 마을 사람들에게 아들을 보여주고 싶어 했다. 그들은 아들을 데리고 면장과 부면장네, 신부님과 선생님 집을 차례로 방문했다.

샤를로는 초가집 문지방에 서서 그가 지나가는 것을 바라보았다.

그날 저녁, 식사를 하면서 샤를로가 노부모에게 말했다.

"나 말고 발랭 아저씨네 아들을 데려가게 하다니, 꼭 그렇게 어리석은 행동을 해야만 했나요?"

어머니가 완고하게 대답했다.

"난 결코 자식을 팔아먹는 짓을 하고 싶지 않았다."

아버지는 아무 말도 하지 않았다.

아들이 다시 말을 이었다.

"그런 조건으로 팔리는 것은 불행한 일이 아니에요!"

그러자 아버지가 성난 목소리로 말했다.

"설마 우리가 너를 키워준 것을 비난하는 건 아니겠지?"

젊은이는 퉁명스럽게 말을 받았다.

"아니요, 전 지금 부모님이 미련했다고 탓하는 거예요. 당신들 같은 부모는 자식을 불행하게 할 뿐이에요. 그러니 제가 부모님 곁을 떠나도 당연한 일이라고요."

가엾은 어머니는 접시 위에 고개를 박고 울었다. 수프를 몇 숟가락 삼키기는 했지만, 반 이상 흘렸다.

"부모가 자식을 키운 게 죄냐, 그게 그렇게 화낼 일이냐!"

그러자 아들이 거칠게 말했다.

"이렇게 사느니 차라리 태어나지 않는 편이 나았어요. 아까 옆집 아들을 봤을 때 피가 거꾸로 솟는 것 같았어요. '내가 저렇게 될 수도 있었는데' 하는 생각이 들었다고요."

그가 일어섰다.

"제가 여기에 없는 편이 나을 것 같아요. 안 그러면 아침부터 저녁까지 두 분을 원망하고 비참하게 만들 테니까요. 저는 부모님을 절대 용서하지 못할 거예요!"

노부모는 망연자실해서 훌쩍거릴 뿐 아무 말도 잇지 못했다.

아들이 다시 말했다.

"정말이지, 그렇게 되면 너무 괴로울 거예요. 차라리 제 삶을 찾아 다른 곳으로 떠나는 게 낫겠어요."

그는 문을 열었다. 사람들의 목소리가 들려왔다. 발랭 부부가 돌아온 아들을 위해 잔치를 벌이고 있었다.

그러자 샤를로는 발을 동동 구르고는 그의 부모 쪽으로 돌아서서 소리쳤다.

"이런 시골뜨기들, 꺼져버려!"

그러고는 어둠 속으로 사라졌다.

말을 타다

À cheval

§

가난한 부부가 남편의 쥐꼬리만 한 월급으로 겨우 생계를 꾸려가고 있었다. 결혼 후 두 아이가 태어났고, 본래의 그 궁색함은 비참한 지경에 이르렀다. 그것은 귀족 출신 가정에 공공연히 있지만, 제 나름의 체통을 차리고 싶어 감추고 있는 수치스럽고 옹색한 비참함이었다.

남편 엑토르 드 그리블랭은 아버지의 시골 저택에서 늙은 가정교사 신부의 손에 자랐다. 그곳에서 넉넉지는 않지만 체면을 유지하며 근근이 살았다.

스무 살이 되었을 때 그는 해군성에 일자리를 구해 연봉 1,500프랑의 말단 사무원으로 들어갔다. 그러나 그는 살면서 겪을 혹독한 시련을 일찍이 준비하지 못한 사람들, 현실을 벗어나 구름 속에서 살아가는 사람들, 저항할 힘도 수단도 알지 못하는 사람들, 특별한 재주나 능력을 어릴 때부터 계발하지 못한 사람들, 싸움에서 악착같이 이기는 힘을 갖추지 못한 사람들, 수중에 무기나 연장 하나 없이 맹하니 있는 사람들이 다 그렇듯 삶에 좌초하여 허우적댔다.

처음 3년 동안의 사무직 생활은 끔찍했다.

그는 가까운 일가친지 몇몇을 다시 만났다. 그들은 시대의 변화에 뒤처져 있고 별로 유복하지 않은 나이 든 자들로, 생제르맹 구역의 고상하지만 암울한 거리에 살고 있었다. 그는 그런 사람들과 가끔 만나며 지냈다.

현대적인 생활이 낯설고 서툰 이 가난한 귀족들은 활기 없이 축 가라앉은 건물의 고층에서 변변치는 않지만 자부심을 갖고 살고 있었다. 이들이 세 들어 있는 건물에는 죄다 작위를 가진 사람들뿐이었다. 하지만 아래층 사람이나 꼭대기 층 사람이나 돈이 많은 것 같지는 않았다.

한때 찬란했지만 몰락해 편견, 고지식함, 신분에 대한

고정관념, 체면치레 등 무기력함만 남은 그들은 여전히 머릿속에서 그것들을 떠나보내지 못했다. 엑토르 드 그리블랭은 그런 사람들 속에서 자신과 같은 귀족 신분의 가난한 처녀를 만나 결혼했다.

그들은 4년 동안 아이 둘을 낳았다.

4년 내내 가난에 찌들어 사는 그 부부에게 오락이라고 해봐야, 일요일마다 샹젤리제 거리를 산책하거나 동료가 선물한 초대권으로 겨울에 한두 번 저녁 공연에 가는 것이 전부였다.

봄이 되자 남편은 상사의 부탁으로 가욋일을 맡아 그 대가로 300프랑의 특별 수당을 받게 되었다.

남편이 그 돈을 건네며 말했다.

"여보, 앙리에트. 이제 우리도 스스로를 위해 뭔가를 베풉시다. 아이들이 즐거워할 만한 놀이 같은 건 어떻소."

그들은 의논 끝에 근교로 나가 점심을 먹기로 했다.

"좋소!" 하고 엑토르가 외쳤다. "이번엔 당신과 아이들, 하녀를 위해 사륜마차를 빌리겠소. 나는 승마 연습장에서 말을 빌려 타리다. 그게 건강에도 좋을 거요."

그들은 일주일 내내 거의 소풍 이야기만 주고받았다.

엑토르는 매일 저녁 퇴근해서 큰아들을 다리 위에 말 타듯 걸터앉힌 후 힘껏 뛰어오르게 하면서 이렇게 말했다.

"자, 아빠는 이렇게 말을 달릴 거야. 이번 일요일에 소풍 가서."

아이 역시 의자에 걸터앉아 온종일 응접실 구석구석을 끌고 다니면서 이렇게 외쳤다.

"아빠가 말을 탔어."

그러면 하녀도 그가 말을 타고 마차를 따라오는 모습을 상상하면서 감탄의 눈으로 그를 바라보았다. 그리고 식사 때마다 그가 하는 승마 이야기, 아버지 저택에 있을 때의 무용담에 귀를 기울였다. 오! 이분은 명문 학교를 다녔으니, 말 타는 것에 대한 두려움 따윈 전혀 없으시겠다!

그는 아내에게 양손을 맞비비며 같은 말을 되풀이했다.

"좀 다루기 힘든 말도 괜찮아. 그러면 당신은 내가 얼마나 말에 잘 올라타는지 보게 될걸. 원한다면 블로뉴 숲에서 돌아올 때 샹젤리제 거리를 지나와도 좋겠어. 우리 모습이 제법 그럴싸해 보일 테니 해군성 사람들을 만난다 해도 어색하지 않을 거야. 상사들에게 대접받는 데 이보다 더 좋은 방법은 없지."

드디어 그날이 왔고, 마차와 말이 동시에 건물 앞에 도착했다. 그는 득달같이 내려가 자기가 탈 말을 살펴보았다. 타고 내릴 때 걸리적거리지 않게 바지 밑단에 끈도 꿰매놓게 했고, 전날 산 승마용 채찍도 휘둘러본 상태였다.

그는 말의 다리를 차례차례 들어 만져보고, 말의 목과 양 옆구리와 관절 부위도 더듬어보았다. 손가락으로 허리를 눌러보고, 입을 벌려 이빨의 상태를 살펴본 뒤 말의 나이를 큰 소리로 말했다. 그리고 가족들이 모두 내려오자, 말 일반에 대한 이론적이고 실용적인 강의를 잠깐 한 다음, 이 말은 특히나 더 훌륭하다고 평했다.

모든 식구가 마차 안에 자리를 잡자, 그는 안장의 가죽띠를 확인하고 나서 등자에 발을 걸고 말에 올라탔다. 그러자 말이 무게 때문인지 갑자기 펄쩍대기 시작했다. 그 바람에 하마터면 말에서 떨어질 뻔했다.

불안하고 멍해진 엑토르가 말을 진정시키려 애썼다.

"우어우어, 이 녀석, 조용조용."

잠시 후 말이 잠잠해졌고, 말 탄 사람도 균형을 되찾았다. 엑토르가 사람들에게 물었다.

"준비됐소?"

모두 이구동성으로 대답했다.

"네."

그러자 그가 명령을 내렸다.

"출발!"

말 탄 사람과 그 행렬이 어느새 저만치 멀어졌다.

주위의 시선이 모두 그에게 쏠렸다. 그는 과장되게 엉덩이를 들었다 놓았다 하면서 영국식 승마 자세로 말을 몰았다. 안장에 닿기가 무섭게 몸이 허공으로 치솟듯 튀어 올랐다. 때때로 말의 갈기 위로 떨어지기도 했다. 그는 뚫어져라 앞만 응시했다. 얼굴은 경직되고 뺨은 창백해진 상태였다.

무릎 위에 아이를 앉힌 아내와, 다른 애를 안은 하녀가 마차 안에서 계속해서 소리쳤다.

"아빠 봐, 아빠를 봐!"

두 아이는 마차의 흔들림과 즐거움과 맑은 공기에 취

해 새되게 소리를 질러댔다. 그 함성에 놀라 말이 겁을 먹고 냅다 뛰기 시작했다. 엑토르는 말을 멈추려고 갖은 애를 썼고, 그러다가 모자가 땅에 굴러떨어졌다. 마부가 내려 모자를 주워 주었다. 엑토르는 마부의 손에서 모자를 받아 들고는 멀리서 아내에게 말했다.

"아이들 좀 조용히 시켜요. 이러다 말이 나를 날려버리겠어!"

그들은 베지네 숲의 풀밭에서 상자 속에 담아온 음식을 펼쳐놓고 점심을 먹었다.

마부가 말 세 마리를 돌보고 있는데도, 엑토르는 자꾸만 자리에서 일어나 자기 말에게 부족한 게 없나 보러 갔다. 그런 다음에는 말의 목을 쓰다듬거나 빵이나 과자, 설탕 조각을 먹였다.

그가 말했다.

"속보하는 걸 보니 꽤 거친 녀석이야. 처음엔 나를 약간 흔들어놓기까지 했어. 그런데 당신도 봤지, 내가 이내 길들이는걸. 녀석이 주인을 알아본 거지. 이제부터는 나대지 않고 얌전히 있을 거야."

그들은 소풍 올 때 이미 정한 대로 샹젤리제를 지나

돌아갔다.

크고 넓은 그 길은 온갖 마차들로 버글거렸다. 길 양옆 보도는 산책하는 사람들로 인산인해를 이뤄, 개선문에서 콩코르드 광장까지 검정 리본 끈 두 개를 길게 늘어놓은 것 같았다. 이 모든 사람 위로 햇빛이 소나기처럼 쏟아져 니스 칠한 사륜마차들, 쇠로 된 마구들, 마차문의 손잡이들이 번쩍거렸다.

광란에 가까운 움직임과 삶에 대한 도취가 그 거리에 모인 수많은 사람과 마차와 말들을 흥분시키는 것 같았다. 오벨리스크는 저 멀리서 황금빛 자태를 뽐내며 우뚝 서 있었다.

엑토르의 말은 개선문을 지나자마자 갑작스레 다시 흥분하기 시작했다. 그가 말을 진정시키려 백방으로 애썼지만, 말은 거리를 가로질러 마구간 쪽으로 쏜살같이 달려갔다.

마차는 이제 멀찌감치 뒤처졌다. 말은 파리산업전당* 앞의 널따란 장소에 이르자 오른쪽으로 돌아 다시 전속

* Palais de l'Industrie. 파리 만국 박람회를 기념하기 위해 1855년 샹젤리제 거리에 조성된 건물. 이후 해체되어 프티 팔레, 그랑 팔레로 변모했다.

력으로 내달렸다.

바로 그때 앞치마를 두른 노파 한 명이 차도를 천천히 건너고 있었다. 그 노파는 엑토르가 고속으로 질주하고 있는 그 길 위에 있었다. 말을 제어하기에 속수무책이었던 그는 있는 힘껏 소리를 지르기 시작했다.

"이봐요! 여기! 여봐요! 비켜요!"

노파는 귀가 먹은 것 같았다. 이 소란 통에도 유유히 차도를 건너고 있었기 때문이다. 결국 그녀는 기관차처럼 내달리던 말의 가슴팍에 부딪혀 세 번이나 곤두박질친 다음, 치마가 공중에 나부껴 뒤집힌 채 열 발짝도 넘는 저편으로 나뒹굴고 말았다.

사람들이 여기저기서 소리를 질러댔다.

"멈춰, 멈추란 말이요!"

당황한 엑토르는 어쩔 줄 몰라 하며 말의 갈기를 부여잡고 울부짖었다.

"사람 살려!"

말이 심하게 몸을 뒤흔드는 바람에 그는 말에서 붕 떠 총알처럼 날아가버렸고, 그 상황을 보고 달려온 경찰의 품 안으로 떨어지고 말았다.

분노한 사람들이 순식간에 모여들어 삿대질하고 고함을 질러댔다. 특히 커다란 둥근 훈장을 가슴에 달고 허옇게 콧수염을 기른 노신사가 몹시 화를 냈다. 그는 같은 말을 되풀이했다.

"제기랄, 말을 몰 줄 모르면 집구석에나 처박혀 있을 것이지. 말도 하나 제대로 못 다루는 주제에 왜 생사람을 잡아."

남자 넷이 노파를 부축하고 나타났다. 노래진 얼굴에다 비뚤어진 모자, 온통 먼지 범벅이 된 꼴이 영락없이 죽은 것처럼 보였다.

"노인을 우선 병원으로 데리고 가시오. 그리고 우리는 경찰서로 갑시다."

노신사가 명령조로 말했다.

엑토르는 경찰 두 명에게 붙들린 채 발걸음을 떼었다. 또 다른 경찰은 엑토르의 말을 붙들고 있었다. 많은 사람이 그들을 뒤따랐다. 그때 돌연히 사륜마차가 나타나더니 엑토르의 아내가 달려왔다. 하녀는 우왕좌왕 어찌할 바를 몰랐고, 아이들은 울고불고 야단이었다. 그는 곧 집으로 돌아갈 거라고, 노파를 치었는데 별일 없을 테니 걱정 말라고 설명했다. 그들은 그 이야기를 듣고 불안한 표정으로 물러갔다.

경찰서 조사는 금세 끝났다. 그는 엑토르 드 그리블랭이라고 자신의 이름을 댔고, 해군성 직원이라고 덧붙였다. 모두 부상당한 노파의 소식을 기다렸다. 결과를 알아보러 간 경찰이 돌아와 노파가 의식을 되찾았다고 전했다. 하지만 몸속 어딘가가 끔찍이 아프다고 했다. 그녀는 시몽 부인이며 가정부 일을 하고 있고, 나이는 예순다섯 살이었다.

노파가 죽지 않았다는 말에 엑토르는 크게 안도하고, 그녀가 회복될 때까지 치료비를 대겠다고 약속했다. 그런 다음 그는 병원으로 달려갔다.

사람들이 병원 앞에 모여 웅성대고 있었다. 불쌍한 노파는 안락의자에 축 처진 채 끙끙대고 있었다. 두 손은 축 늘어져 있고 얼 나간 사람처럼 멍한 표정을 하고 있었다. 의사 두 명이 아직도 그녀의 증상을 살피고 있었는데, 팔다리가 부러지지는 않았지만 내장이 상한 것은 아닐까 염려된다고 했다.

엑토르가 노파에게 물었다.

"많이 아프세요?"

"아! 아프고말고."

"어디가 아프세요?"

"배 속에 불덩이가 있는 것 같아."

의사가 엑토르에게 다가왔다.

"선생이 사고를 낸 장본인인가요?"

"네, 그렇습니다."

"아무래도 이분을 요양소로 보내야 할 것 같습니다. 제가 아는 곳이 한 군데 있는데, 하루에 6프랑입니다. 알아봐드릴까요?"

엑토르는 의사의 제안에 반가워하며 감사를 표하고는, 한결 가벼워진 마음으로 집으로 돌아왔다.

아내는 눈물로 얼굴이 엉망이 되어 그를 기다리고 있었다. 그는 아내를 달래고 위로했다.

"괜찮아, 시몽 부인은 벌써 많이 좋아졌어. 사흘 뒤면 언제 아팠나 싶을 거야. 노파를 요양소로 보내기로 했어. 아무 일도 아니니 걱정 마. 걱정 말래도."

다음 날 엑토르는 퇴근 후 시몽 부인의 안부를 물으러 갔다. 그녀는 흡족한 표정으로 고기 수프를 먹고 있었다.

"어떠세요?"

그가 물었다.

"아이고! 여보게, 차도가 없어. 진이 빠져 몸도 제대로 못 가누겠어. 영 좋아지질 않아."

그녀가 대답했다.

의사는 합병증이 생길지 모르니 좀더 기다려봐야 한다고 말했다.

그는 사흘을 기다렸다가 다시 요양소에 갔다. 노파는 그를 보자 갑자기 끙끙거리기 시작했다. 허옇고 말쑥한 얼굴에 천진한 눈빛으로.

"여보게, 몸을 움직일 수가 없어. 움직일 수가. 이러다간 죽을 때까지 못 움직이겠어."

그 말을 듣는 순간 엑토르는 뼈마디가 찌르르했다. 그는 의사에게 사실 여부를 물었다. 의사는 두 팔을 치켜들더니 이렇게 말했다.

"어쩌란 말입니까. 저도 모르겠어요, 선생. 우리가 몸을 들어 올리려고 하면 아프다고 아우성을 치는 거예요. 하도 찢어질 듯 소리를 질러대서 안락의자의 위치도 못

바꿨어요. 그러니 이 노파가 하는 말을 믿을 수밖에요. 제가 이분 몸속에 들어가 확인해볼 수도 없는 노릇이고요. 걷는 걸 본 적 없으니 거짓말한다고도 할 수 없어요."

노파는 미동도 하지 않은 채 음험한 눈빛으로 그 말을 다 듣고 있었다.

일주일이 지났다. 그리고 또 보름, 한 달이 지났다. 시몽 부인은 자신의 안락의자를 뜨지 않았다. 아침부터 저녁까지 그 자리에서 먹고 자니 패둥패둥하게 살이 쪘다. 다른 환자들과 즐겁게 수다도 떨었다. 그녀는 50년 동안 층계를 오르내리고, 매트리스를 뒤집어 틀고, 아래층에서 위층으로 석탄을 나르고, 비질과 솔질을 한 대가로 이 휴식을 얻은 양 그렇게 꼼짝 않고 지내는 것에 익숙해진 듯했다.

엑토르는 속이 타서 매일 노파를 찾아갔다. 그때마다 그녀는 침착하고 태연스러운 태도로 이렇게 말했다.

"몸을 움직일 수가 없어. 움직일 수가 없다고."

그리블랭 부인은 애간장을 태우며 매일 저녁 남편에게 물었다.

"시몽 부인은 좀 어때요?"

그러면 매번 그는 절망과 실의에 빠진 표정으로 대답했다.

"달라진 게 없어. 당최 아무것도."

그들은 하녀를 집에서 내보냈다. 급료를 감당하기가 어려웠기 때문이다. 그러고도 예전보다 더 허리띠를 졸라매야 했다. 직장에서 받은 상여금도 죄다 병원비로 들어갔다.

고민 끝에 엑토르는 네 명의 유명한 의사를 불렀고, 그들은 노파 주위에 빙 둘러섰다. 노파는 의사들이 증상을 관찰하고 손으로 두드리거나 만져보는 동안 교활한 눈으로 그들을 살폈다.

"환자를 걷게 해봐야겠어요."

의사 한 명이 말했다.

그러자 노파가 크게 부르짖었다.

"걸을 수 없어요. 선생님들, 난 걸을 수가 없다고요."

그러나 의사들은 그녀를 부여잡아 들어 올린 뒤 몇 걸음 끌고 갔다. 하지만 노파는 손에서 빠져나와 끔찍한 소리를 내지르며 바닥에 나동그라졌다. 의사들은 매우 조심스럽게 그녀를 다시 제자리에 데려다 놓는 수밖에 도리가 없었다.

털썩 나동그라졌다. 털썩 드러누웠다.

그들은 조심스레 의견을 내놓았다. 노파가 더 이상 일을 할 수 없다고.

엑토르가 이 소식을 아내에게 전했다. 아내는 의자에 비칠비칠 주저앉으며 말을 우물거렸다.

"아무래도 그분을 여기로 데려오는 게 낫겠어요. 그러면 돈이 덜 들 거 아녜요."

엑토르는 그게 무슨 얘기냐고 펄쩍 뛰었다.

"여기로, 우리 집으로? 정말 그렇게 생각해?"

그녀는 이제 모든 것을 체념했다는 듯 눈물을 글썽이며 이렇게 대답했다.

"무슨 뾰족한 수가 있나요, 여보. 어쩔 도리가 없잖아요."

두 친구

Deux amis

§

파리는 봉쇄되고 사람들은 굶주림에 시달리며 숨을 헐떡거렸다. 지붕 위에 내려앉는 참새도 사라지고, 하수구에 사는 쥐들도 어디론가 자취를 감췄다. 사람들은 무엇이든 가리지 않고 닥치는 대로 먹었다.

1월의 어느 청명한 아침, 본업은 시계상이지만 요즘 통 일이 없어 집에만 죽치고 있던 모리소는 짧은 제복 바지 주머니에 두 손을 찔러 넣은 채 주린 배를 움켜쥐고 파리의 외곽 도로를 쓸쓸히 걷고 있었다. 그러다가 누군가를 알아보고 걸음을 멈추었다. 그는 강에서 낚시하다 사귄 소바주 씨였다.

전쟁이 일어나기 전 모리소는 일요일이면 새벽같이

깨어나 한 손에는 대나무 낚싯대를 들고, 등에는 양철 통을 지고 집을 나섰다. 그는 아르장퇴유행 기차를 타고 콜롱브에서 내린 다음, 걸어서 마랑트 섬으로 갔다. 꿈에도 잊지 못하는 그곳에 도착하면, 모리소는 곧바로 낚시질을 시작했고 밤이 될 때까지 물고기를 낚았다.

일요일마다 그는 그곳에서 키가 작고 통통한 데다 성격이 쾌활한 소바주 씨를 만났다. 그는 노트르담드로레트가에서 잡화점을 하는 사람으로, 그 못지않은 낚시광이었다. 그들은 종종 낚싯대를 손에 쥐고 강둑에 올라앉아 흐르는 강물 위로 발을 건들거리면서 반나절을 보내곤 했다. 그러는 사이 그들은 친구가 되었다.

어떤 날은 아무 말 없이 낚시를 하고, 또 어떤 날은 간혹가다 이야기를 주고받기도 했다. 서로 취향과 생각이 비슷했기에 별다른 말을 하지 않아도 놀라울 만큼 뜻이 잘 맞았다.

봄날 아침 10시경, 생기를 되찾은 태양이 고요한 강물 위로 옅은 안개를 흘려보내고 이 두 낚시광의 등에 새봄의 따스한 온기를 내리쬘 때면, 모리소는 이따금 옆에 있는 친구에게 이렇게 말했다.

“여보게, 날씨 참 좋네그려!”

그러면 소바주 씨는 이렇게 대답했다.

“이보다 더 좋은 날씨는 없을 걸세.”

그들이 서로 공감하고 존중하는 데는 그것으로 충분했다.

가을 해 질 무렵에는 석양에 핏빛처럼 붉게 물든 하늘이 진홍색 구름 그림자를 물속에 드리워 강물을 온통 자줏빛으로 만들고, 지평선이 석양에 불타오를 때면, 그리하여 두 친구의 얼굴이 불꽃처럼 붉어지고, 벌써 다갈색이 되어 겨울 추위에 떠는 나무들이 금빛으로 물들 때면, 소바주 씨는 미소 띤 얼굴로 모리소를 바라보며 이렇게 말했다.

“경치가 참 좋군!”

그러면 모리소도 감탄하면서 찌에서 눈을 떼지 않은 채 대답했다.

“시내 구경보다 더 낫지, 안 그런가?”

그들은 서로를 알아보자마자 힘껏 악수했다. 평소와 다른 환경에서 만나게 되어 감개무량했던 것이다. 소바주 씨가 한숨을 내쉬며 중얼거렸다.

"시절이 하 수상하군!"

모리소도 무척 침울한 표정으로 탄식을 했다.

"날씨는 또 왜 이런지! 오늘이 올해 들어 처음으로 화창한 날씨야!"

아닌 게 아니라 하늘은 새파랗고 햇빛이 가득했다.

그들은 생각에 잠긴 채 슬픈 얼굴로 나란히 걷기 시작했다. 모리소가 다시 말을 건넸다.

"낚시질하던 때 기억나나? 정말 좋았는데!"

소바주 씨가 물었다.

"언제쯤 다시 그곳에 갈 수 있을까?"

그들은 작은 카페에 들어가 압생트를 한잔 마셨다. 그런 다음 다시 보도 위를 걷기 시작했다.

모리소가 갑자기 걸음을 멈추고는 말했다.

"한잔 더 어때?"

소바주 씨도 동의했다.

"좋을 대로 하세나."

그들은 다른 술집 문을 뚫고 들어갔다.

술집에서 나올 때 그들은 거나하게 취해 있었다. 빈속에 술을 잔뜩 들이켰으니 취기가 오른 것이다. 날씨는 따뜻했다. 한 줄기 바람이 얼굴을 살랑거리며 간질였다. 훈훈한 바람에 더욱 취기가 오른 소바주 씨가 걸음을 멈추고 말했다.

"거기나 가면 어떨까?"

"거기라니?"

"어디긴 어디겠나? 낚시하러 가잔 말일세."

"하지만 어디로 말이야?"

"그야 물론 우리가 늘 낚시하던 섬이지. 프랑스군의 전초前哨가 콜롱브 근처에 있잖아. 내가 거기 지휘관인 뒤물랭 대령과 잘 아니까, 아마 우리를 통과시켜줄 거야."

모리소는 낚시를 하고 싶어서 몸이 근질거렸다.

"좋아, 가세!"

그들은 낚시 도구를 챙기러 다시 집으로 갔다.

한 시간 뒤, 그들은 크고 넓은 길을 다정하게 걸어가고 있었다. 이윽고 대령이 머물고 있는 별장에 이르렀다. 그들의 부탁을 들은 대령은 그 엉뚱함에 미소 지었다. 대령의 허가가 났고, 그들은 통행증을 받아 들고 다시 걸음을 옮겼다.

얼마 후 그들은 전초를 지나쳐 인적 없는 콜롱브 마을을 가로지른 다음, 센강 쪽으로 비탈져 내려가 작은 포도밭 가장자리에 이르렀다. 그때가 11시쯤이었다.

맞은편의 아르장퇴유 마을은 쥐 죽은 듯 조용했다. 오르주몽과 사누아 언덕이 마을 전체를 내려다보고 있었다. 낭테르까지 펼쳐져 있는 넓은 평야는 앙상한 벚나무와 잿빛 땅만 남은 채 휑하니 비어 있었다.

소바주 씨가 손가락으로 언덕의 멧부리를 가리키며 웅얼댔다.

"프로이센 군인들이 저 위에 있어!"

그러자 일말의 불안감이 이 황량한 고장을 마주하고 선 두 친구를 엄습했다.

'프로이센 군인들이라!'

그들은 프로이센 군인들을 여태껏 본 적이 없지만, 이미 몇 달 전부터 파리 주변을 에워싸고 있는 그들의 존재를 느끼고 있었다. 눈에 띄지는 않지만, 프랑스를 파괴하고 약탈하고 학살하고 굶주리게 하는 전능한 힘을 가진 그들의 존재를. 그래서 그들이 이 미지의 승리자들에게 품고 있는 적개심에는 일종의 미신적인 공포가 덧붙여져 있었다.

모리소가 더듬거리며 물었다.

"어때! 만약 우리가 그자들을 만난다면?"

소바주 씨는 어떤 상황에서도 쉬이 잃지 않는, 파리 사람 특유의 빈정거리는 태도로 이렇게 대답했다.

"그럼 생선튀김이나 대접하지, 뭐."

그러면서도 그들은 들판으로 내려가기를 주저했다. 지평선 전체를 휘감은 적막함에 겁을 집어먹은 것이다.

마침내 소바주 씨가 결심했다.

"자, 가세! 그렇지만 조심하자고."

그리고 그들은 불안한 눈빛으로 귀를 쫑긋 세운 채, 덤불에 몸을 숨겨가며 허리를 반으로 숙이고 기어서 포도밭으로 내려갔다.

강가에 닿으려면 나무도 풀도 없는 긴 띠 모양의 흙무더기를 건너야 했다. 그들은 냅다 달렸다. 그러고는 강둑에 다다르자마자 마른 갈대숲 속에 몸을 웅크리고 앉았다.

모리소는 근방에서 발소리가 들리는지 확인하기 위해 뺨을 땅에 갖다 대고 귀를 기울였다. 아무 소리도 들리지 않았다. 그들만, 오직 그들만 있을 뿐이었다.

그들은 안도의 숨을 내쉬며 낚시질을 시작했다.

맞은편의 인적 없는 마랑트 섬이 그들을 강 건너편으로부터 가려주었다. 섬에 있는 작은 식당은 문이 닫혀 있어, 몇 년 전부터 버려진 것처럼 보였다.

소바주 씨가 먼저 모래무지를 잡았다. 모리소도 한 마리 잡았다. 그들은 연신 낚싯대를 들어 올려 줄 끝에서 팔딱이는 작은 은빛 물고기를 거둬 올렸다. 참으로 기적 같은 낚시질이었다.

그들은 잡아 올린 물고기를 발밑 물속의, 촘촘한 그물망 안에 조심스레 집어넣었다. 그러자 달콤한 기쁨, 빼앗긴 지 오래인 즐거움을 다시 만끽할 때 느끼는 그런 기쁨이 그들의 마음을 파고들었다.

따사로운 햇살이 어깨를 타고 온기를 불어넣고 있었다. 그들의 귀에는 이제 아무것도 들리지 않았다. 아무 생각도 떠오르지 않았다. 그들은 전쟁 같은 세상일은 잊고 오로지 낚시질에만 열중했다.

그런데 갑자기 땅 밑에서 들려오는 듯한 둔탁한 소리가 주변을 흔들었다. 대포 소리였다.

모리소가 고개를 돌렸다. 강둑 너머 왼편으로 몽발레리앵 언덕의 커다란 윤곽이 보였다. 언덕마루에는 방금 토해진 포연砲煙이 하얀 도가머리처럼 걸려 있었다.

곧이어 성채 꼭대기에서 두번째 연기가 뿜어져 나왔다. 그리고 몇 초 후 또다시 포성이 울렸다.

연이어 포성들이 잇달았다. 몽발레리앵 언덕은 간간이 죽음의 숨결을 내뿜고 젖빛 연기를 토해냈다. 연기는 고요한 하늘로 서서히 솟아올라 언덕 위에서 구름을 이루었다.

소바주 씨가 어깨를 으쓱하며 말했다.

"저놈들 또 시작이군."

낚시찌의 깃털이 연방 물속으로 들어가는 것을 초조하게 바라보던 모리소는 갑자기 버럭 화를 냈다. 조용한 사람이 싸움질을 일삼는 과격한 사람들에 대해 느끼는 일종의 분노였다. 그는 투덜거렸다.

"저렇게 서로 죽고 죽일 게 뭐람. 어리석기 짝이 없어."

소바주 씨가 맞장구를 쳤다.

"짐승만도 못한 것들이야."

마침 잉어 한 마리를 낚은 모리소가 단언했다.

“정부政府라는 것이 존재하는 한, 언제나 저럴걸.”

소바주 씨가 그의 말을 가로챘다.

“공화국 정부였다면 전쟁을 선포하지는 않았을 거야.”

이번에는 모리소가 말을 가로막고 나섰다.

“왕이 있으면 밖에서 전쟁을 하고 공화국이 되면 안에서 전쟁을 하니, 원.”

급기야 정치를 둘러싼 토론이 벌어졌다. 유순하지만 소견이 좁은 그들은 나름의 건전한 이성을 바탕으로 정치 현안에 대한 이야기를 나누다가, 인간이란 그로부터 결코 자유로울 수 없다는 점에 대해 의견의 일치를 보았다. 그러는 중에도 몽발레리앵 언덕에서는 쉼 없이 쾅쾅 울려대는 소리가 들려왔다. 그 포탄은 터질 때마다 프랑스인의 집을 부수고, 삶을 망가뜨리고, 사람들을 짓누르고, 수많은 꿈과 기쁨, 바라 마지않던 수많은 행복을 박살 내고, 저쪽 다른 나라의 아내와 딸, 어머니들의 가슴에 영원히 가시지 않을 상처를 입히고 있었다.

“이런 게 바로 삶이란 거지.”

소바주 씨가 단정하는 투로 말했다.

“차라리 이런 게 죽음이라고 말하게.”

모리소가 웃으면서 말을 이었다.

그러다가 그들은 질겁해서 몸을 떨었다. 뒤에서 누군가가 걸어오는 소리가 들린 것이다. 고개를 돌려보니 어깨 너머로 남자 넷이 서 있었다. 키가 크고 수염이 텁수룩하며 하인들처럼 제복을 입고 납작한 모자를 쓴 남자 네 명이 그들의 뺨에 총부리를 겨누고 있었다.

두 사람의 낚싯대가 손에서 미끄러져 강물에 떠내려갔다.

순식간에 그들은 붙잡혀 결박당했다. 그리고 보트에 실려 섬으로 끌려갔다.

그들이 빈집이라고 생각한 그 집 뒤로 스무 명 남짓한 프로이센 병사들이 있었다.

털북숭이에 키가 큰 사내가 의자에 말 타듯 걸터앉아 커다란 도자기 파이프로 담배를 피우며 그들에게 유창한 프랑스어로 물었다.

"그래, 선생들 고기는 많이 잡으셨소?"

그러자 한 병사가 조심해서 옮겨온, 물고기로 가득한 어망을 장교의 발치에 내려놓았다. 프로이센 장교가 미소를 지으며 말했다.

"저런! 그럭저럭 괜찮았군요. 하지만 문제는 따로 있소. 내 말 잘 들으시오. 너무 떨지들 말고.

내가 보기에 당신들은 우리를 정탐하라는 임무를 띠고 온 스파이임에 틀림없소. 그래서 생포한 거고, 이제 총살할 거요. 당신들은 정체를 감쪽같이 숨기려고 낚시질하는 척한 거지. 허나 어쩐다, 내 손에 걸려들었으니 참 안됐군. 전쟁이란 그런 것이오. 다만 당신들은 전초를 지나왔으니 돌아갈 때 쓸 암호도 알고 있을 거요. 그 암호를 대시오. 그러면 당신들을 살려주겠소."

나란히 서 있던 두 친구의 얼굴은 납빛이 되었다. 하지만 그들은 손을 신경질적으로 요란하게 떨 뿐 잠자코 있었다.

장교가 다시 말했다.

"절대 아무도 모를 거요. 당신들은 조용히 집으로 돌아갈 테니. 그리고 비밀은 당신들과 함께 사라질 것이오. 그러나 이에 불응한다면 죽음이 있을 뿐이지. 그것도 지금 당장. 자, 선택하시오."

그들은 묵묵부답 꼼짝도 하지 않고 서 있었다.

프로이센 장교가 여전히 차분한 어조로 강 쪽을 향해

손을 뻗으면서 말했다.

"생각해보시오. 5분 후면 당신들은 저 강물 밑바닥에 가라앉을 거요. 5분 후에는. 당신들에게도 부모가 있을 텐데?"

몽발레리앵 언덕은 여전히 쾅쾅거리는 굉음을 울려댔다.

두 낚시꾼은 말없이 그대로 서 있었다. 프로이센 장교가 자기 나라말로 뭐라고 명령을 내렸다. 그러고는 포로들과 조금 떨어진 곳으로 의자의 위치를 바꾸었다. 이윽고 병사 열두 명이 와서 스무 걸음 떨어진 곳에 정렬하더니 발아래 쪽에 총을 세우고 자세를 바로 했다.

장교가 다시 말했다.

"1분 주겠소. 그 이상은 안 되오."

그런 다음 자리에서 벌떡 일어나 두 프랑스인에게 다가오더니, 모리소의 팔을 잡고 한쪽으로 데려가서는 낮은 목소리로 속삭였다.

"빨리 말하시오. 암호가 뭐지? 당신 동료는 아무것도 모를 거요. 내가 동정해서 살려주는 척하겠소."

모리소는 아무 말도 하지 않았다.

그러자 프로이센 장교는 소바주 씨를 끌고 가서 똑같이 말했다.

소바주 씨도 대답하지 않았다.

그들은 다시 나란히 세워졌다.

장교가 명령을 내렸다. 병사들이 총을 들었다.

그때 모리소의 시선이 우연히 몇 걸음 떨어진, 풀밭에 놓여 있는 어망에 가닿았다. 어망에는 모래무지가 가득 들어 있었다.

아직도 살아서 팔딱거리는 많은 물고기가 태양빛을 받아 반짝거렸다. 갑자기 온몸에서 힘이 쫙 빠져나갔다. 갖은 애를 다 써봤지만 눈에 눈물이 가득 고였다.

그가 떠듬대며 말했다.

"잘 가요, 소바주 씨."

소바주 씨가 대답했다.

"잘 가요, 모리소 씨."

그들은 머리부터 발끝까지 엄습하는, 꼼짝할 수 없는 두려움에 몸을 떨면서 악수를 나누었다.

장교가 외쳤다.

"발사!"

열두 개의 총구가 일제히 불을 뿜었다.

소바주 씨는 단번에 코를 박고 쓰러졌다. 좀더 키가 큰 모리소는 비틀거리면서 빙그르르 돌더니, 얼굴을 하늘로 향한 채 친구 위로 비스듬히 쓰러졌다. 가슴께가 뚫린 그의 웃옷에서 피가 배어났다.

프로이센 장교가 다시 명령을 내렸다.

그의 부하들이 흩어졌다가 밧줄과 돌을 가지고 돌아와 두 시체의 발에 붙들어 맸다. 그런 다음 시체를 강둑으로 옮겼다.

몽발레리앵 언덕은 쉬지 않고 굉음을 토해냈고, 이제는 산더미 같은 연기로 자욱했다.

병사 두 명이 각각 모리소의 머리와 발을 잡았다. 다른 두 병사는 같은 방식으로 소바주 씨를 잡았다. 시체들은 잠시 세차게 흔들린 뒤 멀리 던져졌고, 포물선을 그리며 물에 떨어졌다. 그리고 발에 매단 돌의 무게 때문에 곧게 선 채로 물속으로 가라앉았다.

강물이 솟구쳐 올랐다가 거품이 일면서 부르르 떨더니 곧이어 잔잔해졌다. 그러는 동안 작은 물결들이 강기슭까지 밀려왔다. 수면 위로 핏자국이 살짝 떠 있었다.

장교는 한결같이 차분한 태도로 나지막이 말했다.

"이제는 물고기들 차례군."

그는 작은 식당 쪽으로 몸을 돌렸다.

그때 풀밭에 있던 모래무지 가득한 어망이 불현듯 눈에 띄었다. 그는 어망을 집어 들고 살펴보더니 웃음을 띠며 "빌헬름!" 하고 외쳤다.

흰 앞치마를 두른 병사 하나가 달려왔다. 프로이센 장교는 총살당한 두 남자가 낚은 물고기를 던지면서 명령했다.

"이 작은 놈들을 당장 튀겨 와. 산 채로 말이야. 맛있을 거야."

그러고는 다시 파이프 담배를 피우기 시작했다.

쥘 삼촌

Mon oncle Jules

§

아실 베누빌 씨에게

수염이 허옇고 남루한 차림의 노인이 돈을 구걸해왔다. 내 친구 조제프 다브랑슈가 100수를 주었다. 깜짝 놀란 내게 그가 이렇게 말했다.

"저 불쌍한 사람을 보니 생각나는 일이 있네. 그 이야기를 자네에게 들려주지. 평생토록 내 머릿속을 떠나지 않는 기억일세. 그건 말이지."

우리 가족은 르아브르 출신으로 부자는 아니었네. 그럭저럭 살아갈 뿐이었지. 아버지는 사무실에서 밤늦게까지 일하셨지만 벌이는 시원찮으셨네. 내 위로는 두 명의 누나가 있었고.

어머니는 생계를 꾸려가느라 무척 힘들어하셨지. 그래서 종종 아버지에게 가시 돋친 말과 짐짓 위태로운 비난을 퍼부어댔어. 그럴 때면 가엾은 아버지가 하는 행동이 내 마음을 몹시 아프게 했지. 아버지는 나지도 않은 땀을 닦기라도 하듯 손바닥을 펴 이마를 문지르고는 아무 대꾸도 하지 못했어. 나는 무력한 아버지의 고통을 고스란히 느낄 수 있었다네. 우리는 매사 절약을 했어. 저녁 식사 초대에 응해본 적도 없는데, 초대를 받으면 도로 갚아야 했기 때문이지. 생필품들은 할인해서 파는 재고품을 구입했어. 누나들은 옷을 직접 만들어 입었고, 1미터당 15상팀인 장식 줄의 가격을 놓고 한참이나 실랑이를 벌이곤 했지. 평소 우리가 먹는 음식은 기름이 둥둥 뜬 수프와 어떤 종류의 소스와도 잘 어울리는 그런 부위의 소고기가 전부였어. 물론 그 음식도 건강에 좋고 기운을 북돋아주긴 했지만, 나는 내심 다른 것도 먹어보고 싶었다네.

단추를 잃어버리거나 바지라도 찢어지면 한바탕 큰

소동이 벌어지곤 했지.

그래도 우리 가족은 일요일마다 한껏 차려입고 부둣가를 한 바퀴 돌곤 했어. 아버지는 프록코트를 입고, 커다란 모자를 쓰고, 장갑을 끼고서 형형색색 꾸민 축제일의 배처럼 화려하게 치장한 어머니에게 팔을 내주곤 했지. 가장 먼저 준비를 끝낸 누나들은 출발 신호를 기다렸고 말이야. 하지만 늘 출발 직전에 아버지의 프록코트에서 눈에 띄지 않던 얼룩이 발견되는 거야. 그러면 벤젠을 묻힌 헝겊으로 그것을 빨리 지워야만 했어.

아버지는 머리에 커다란 모자를 쓴 채로 프록코트를 벗어 내밀며 얼룩 제거가 끝나기를 기다렸고, 그동안 어머니는 근시용 안경을 조절하며 서둘러 얼룩을 제거하셨지. 장갑에 때가 묻지 않도록 장갑을 벗어놓는 것도 잊지 않으셨어.

우리는 일종의 의식을 치르듯 길을 나섰지. 누나들은 서로 팔짱을 끼고 앞장서서 걸었어. 결혼할 나이가 된 누나들은 자기들의 모습을 사람들에게 선보이려고 하는 것이었어. 나는 어머니의 왼쪽에, 아버지는 오른쪽에 자리를 잡았지. 지금도 '일요일의 산책' 하면, 가엾은 부모님이 보여주던 과장된 태도와 딱딱한 표정, 엄격한 걸음걸이 등이 떠오른다네. 부모님은 몸을 꼿꼿이 세우고 다리를 뻣뻣하게 내밀면서 아주 중요한 일의 성패가 자신들의 자세에 달려 있기라도 한 것처럼 무게 있는 걸음으로 나아갔다네.

그리고 일요일에 머나먼 미지의 나라에서 돌아오는 큰 배들을 볼 때마다, 아버지는 한결같이 똑같은 말을 하셨지.

"아, 쥘이 저 배에 타고 있다면 얼마나 좋을까!"

아버지의 동생인 쥘 삼촌은 그 당시 우리 가족의 유일한 희망이었지. 한때는 집안의 애물단지였지만 말이야. 나는 어릴 때부터 줄곧 삼촌에 관한 이야기를 들어왔다네. 그래서 삼촌을 언뜻 보기만 해도 첫눈에 알아볼 수 있을 것만 같았지. 그만큼 삼촌에 대해 친숙했던 거야. 나는 삼촌이 미국으로 떠나기 전까지 어떤 생활을 했는지 속속들이 알고 있었어. 어른들이 그 이야기를 할 때마다 목소리를 낮추기는 했지만 말일세.

삼촌은 행실이 좋지 못한 사람이었던 같아. 돈을 좀 날렸는데, 그건 가난한 집안에서는 더할 나위 없이 큰

죄악이었지. 부잣집에서야 불성실하고 빈둥거리는 사람더러 '바보 같은 짓'을 한다고만 하지. 그런 사람을 가리킬 때면 웃으며 방탕아라고 부르거든. 하지만 가난한 집에서는 부모 재산을 축내는 자식은 악동, 망나니, 건달이 되고 말지!

실상 같은 행동이라 하더라도 이런 차별은 당연한 거야. 결과만이 행위의 심각성을 결정하기 때문이지.

하여간 쥘 삼촌은 아버지가 기대하고 있던 유산을 남김없이 축냈어. 자기 몫의 유산을 마지막 한 푼까지 다 써버리고 난 뒤에 말이야.

그래서 우리 가족들은 쥘 삼촌을 르아브르에서 뉴욕으로 가는 상선에 태워 미국으로 보냈다네. 당시엔 그런 사람이 많았다고 하더군.

그곳에서 쥘 삼촌이 무슨 장사인지는 모르지만 장사로 자리를 잡았지. 그러고는 아버지에게 편지를 보내왔어. 돈을 좀 벌었으며, 그간에 끼친 손해를 보상해주고 싶다고. 그 편지는 우리 가족에게 깊은 감동을 주었어. 아무짝에도 쓸모없던 쥘 삼촌이 갑자기 예의 바른 사람, 착한 남자, 대개의 다브랑슈 집안사람들처럼 청렴한 '진짜 다브랑슈 사람'이 된 거지.

게다가 어떤 선장이 전하기로, 쥘 삼촌이 큰 가게를 하나 세내어 크게 장사를 벌였다는 거야.

2년 뒤에 온 두번째 편지에는 이렇게 씌어 있었네. "사랑하는 필리프 형. 건강하게 지내고 있으니 염려하지 말라고 편지를 써. 사업도 잘 굴러가고 있어. 난 내일 남아메리카로 긴 여행을 떠나. 아마 몇 년간은 소식을 전하지 못할 거야. 편지를 쓰지 못하더라도 걱정하지 마. 한 재산 마련하면 르아브르로 돌아갈 생각이야. 머지않아 그렇게 되기를 바라고 있어. 우리 함께 행복할 수 있을 거야……"

이 편지는 우리 가족에게 복음 비스름하게 되었다네. 식구들은 툭하면 편지를 꺼내 읽었고, 집에 오는 사람 누구에게나 보여주었다네.

아닌 게 아니라 그 후 10년 동안 쥘 삼촌은 소식을 보내오지 않았네. 하지만 시간이 흐를수록 아버지의 희망은 점점 커져만 갔지. 어머니도 종종 이렇게 말씀하셨어.

"착실한 쥘 도련님이 돌아오면 우리 형편도 달라질 거

야. 궁지에서 빠져나올 줄 아는 사람이거든!"

그래서 아버지는 일요일마다 크고 검은 증기선이 구불구불 뱀 같은 연기를 하늘로 토해내며 수평선에서 항구로 다가오는 것을 보면서 똑같은 말을 되뇌셨지.

"아, 쥘이 저 배에 타고 있다면 얼마나 좋을까!"

그리고 우리는 쥘 삼촌이 손수건을 흔들며 "어이, 필리프 형!" 하고 외치는 모습이 보이기를 기대했어.

우리는 그의 귀향을 믿어 의심치 않았으므로 수천 가지 계획을 세웠다네. 심지어 삼촌의 돈으로 앵구빌 인근 시골에 작은 집을 한 채 마련할 생각까지 했지. 아버지가 그 건에 대해 이미 흥정하지 않았다고 장담할 수는 없네.

그때 큰누나의 나이는 스물여덟이었고, 작은누나는 스물여섯이었네. 둘 다 미혼이었는데 그게 우리 모두의 큰 근심거리였지.

마침내 작은누나에게 구혼자가 나타났어. 부자는 아니었지만 정직한 회사원이었지. 나는 그 사람이 고민을 끝내고 작은누나와 결혼하기로 결심한 까닭이, 어느 날 저녁에 보여준 쥘 삼촌의 편지 때문이라고 확신한다네.

우리 가족은 서둘러 그 결혼을 승낙했고, 결혼식을 치른 뒤에는 온 가족이 함께 저지 섬으로 짧은 여행을 다녀오기로 했어.

저지 섬은 가난한 사람들에겐 이상적인 여행지야. 멀지도 않고 정기선을 타고 바다만 건너면 외국 땅을 밟게 되거든. 영국에 속한 섬이니까 말이야. 그러니 프랑스 사람이 배를 타고 두 시간만 가면 이웃 나라 사람을 볼 수 있고, 게다가 직설적인 사람들의 표현에 따르면 영국식 별장으로 뒤덮인 그 섬의 한심한 풍습을 가까이서 겪어볼 수도 있는 셈이지.

저지 섬으로의 여행은 우리의 관심사가 되었고, 유일한 기다림, 한시도 잊을 수 없는 꿈이 되었네.

이윽고 출발일이 되었네. 그때 일이 마치 어제 일처럼 생생하군. 정기선이 그랑빌 부두를 향해 한창 증기를 내뿜고 있었지. 아버지는 더운 김이 솟자 질겁하면서도 우리 짐 세 개가 배에 실리는 것을 살펴보고 있었어. 어머니는 불안한 표정으로 결혼하지 않은 큰누나의 팔을 잡고 있었고, 큰누나는 작은누나가 결혼한 이후로 늘 얼이 빠져 있었지. 한배에서 난 병아리 중에서 혼자 남겨지기라도 한 듯이 말이야. 신혼부부는 계속 뒤처져 있어서, 나는 자주 고개를 돌려 뒤돌아보았지.

배가 기적을 울렸네. 우리는 배에 올라탔고, 배는 부두를 떠나 초록색 대리석 탁자와 같이 잔잔한 바다 위로 나아갔네. 으레 여행을 별로 해보지 않은 사람들이 그러듯, 우리는 행복감과 자부심을 느끼며 멀어져가는 해안선을 바라보았지.

아버지는 프록코트 밑으로 배를 내밀고 있었는데, 그 옷은 그날 아침에도 어김없이 얼룩진 곳이 눈에 띄어 정성스레 지우느라 외출할 때마다 나던 벤젠 냄새를 풍기고 있었지. 나에게 늘 일요일이라는 걸 일깨워주던 그 냄새 말일세.

문득 아버지의 눈에 두 명의 신사가 우아한 두 부인에게 굴을 대접하고 있는 광경이 눈에 들어왔다네. 누더기를 걸친 한 늙은 뱃사람이 칼로 굴 껍데기를 까서 신사들에게 건네면, 신사들은 그것을 다시 부인들에게 내밀었어. 그녀들은 굴 껍데기를 고급 손수건 위에 받치고 옷을 더럽히지 않으려고 입을 앞으로 내밀면서 우아하게 굴을 먹었지. 그러고는 얼른 거기 고인 물을 쭉 들이마신 다음 껍데기를 바다에 던졌어.

아마도 아버지는 항해 중인 배 위에서 굴을 먹는 그 특별한 행위가 마음에 드셨나 봐. 평소에는 해볼 수 없는 고상하고 세련된 취미라고 생각하신 거지. 아버지는 어머니와 누나들에게 다가와 이렇게 물으셨어.

"굴 좀 사 줄까?"

어머니는 돈 걱정 때문에 주저했지만, 누나들은 냉큼 사달라고 했지. 어머니는 언짢은 말투로 말씀하셨어.

"나는 배가 아플까 봐 겁이 나요. 그러니 애들이나 사주세요. 너무 많이는 말고요. 탈이 날지도 모르니까."

그리고 내 쪽을 돌아보며 한마디 덧붙였지.

"조제프는 사 줄 필요 없어요. 사내아이들은 너무 애지중지해서는 안 되니까요."

나는 그런 차별이 부당하다고 생각했지만, 어머니 곁에 잠자코 있었어. 그러고는 두 딸과 사위를 데리고 누더기를 걸친 늙은 뱃사람 쪽으로 으스대며 가고 있는 아버지를 눈으로 좇았지.

굴을 먹던 두 부인이 막 자리를 뜬 뒤라서, 아버지는

두 딸에게 물을 흘리지 않고 굴을 먹는 방법을 가르쳐주셨어. 시범을 보이려고 굴 하나를 받아 들기까지 하셨다니까. 하지만 아까 그 부인들이 하던 대로 흉내를 내려다가 물을 전부 프록코트에 쏟아버렸지 뭐야. 나는 어머니가 투덜대는 소리를 들었어.

"그러게, 가만히 있으면 좀 좋아."

그런데 갑자기 아버지가 안절부절못하는 거야. 몇 걸음 물러서서 굴 까는 뱃사람 주위에 모여든 두 딸과 사위를 뚫어지게 바라보더니, 몸을 홱 돌려 우리 쪽으로 오셨어. 얼굴이 몹시 창백해 보였고 눈빛도 이상했어. 아버지는 낮은 목소리로 어머니에게 말씀하셨어.

"별일도 다 있군그래. 굴 까는 저 남자가 영락없이 쥘을 닮았단 말이야."

어머니는 어리둥절하여 이렇게 물었네.

"어떤 쥘 말이에요?"

아버지가 다시 말씀하셨어.

"그야…… 내 동생이지. 만약 그 애가 미국에서 잘 살고 있다는 걸 몰랐다면, 저 사람을 쥘이라고 생각했을 거야."

어머니가 놀라서 더듬거리며 말했어.

"당신 미쳤어요! 저 사람이 젤이 아니라는 걸 잘 알면서 왜 그런 바보 같은 소릴 해요?"

"그럼 당신이 가서 한번 보구려, 클라리스. 당신 눈으로 직접 보고 확인해주면 좋겠어."

어머니는 자리에서 일어나 딸들 쪽으로 가셨어. 나 역시 그 남자를 쳐다보았지. 그는 늙고 더러웠으며 주름투성이였어. 자기가 하는 일에 열중하느라 눈을 떼지 않고 있었네.

어머니가 자리로 돌아오셨어. 나는 어머니가 몸을 떨고 있다는 것을 금방 알아챘지. 어머니가 아주 빠르게 말씀하셨어.

"도련님이 맞는 것 같아요. 선장에게 가서 자세히 좀 알아보세요. 하지만 조심해요. 저 망나니가 우리에게 또 들러붙으면 큰일이니까요!"

아버지는 선장을 찾아갔고, 나는 아버지를 따라갔다네. 기분이 몹시 꿀꿀했어.

선장은 키가 크고 마른 몸에 구레나룻을 길게 길렀는데, 마치 인도를 오가는 우편선을 지휘하기라도 하듯 젠

체하며 선교船橋 위를 거닐고 있더군.

아버지는 선장에게 다가가서 정중하게 인사를 건넨 뒤 그가 하는 일에 대한 찬사를 늘어놓으며 이것저것 질문을 던지셨지.

저지 섬에서 중요한 것은 무엇입니까? 주로 무엇을 생산하나요? 인구는요? 풍습은 어떤가요? 관습들은 어떻고요? 토양은 또? 등등.

누가 들으면 아메리카합중국만큼 규모가 큰 섬에 대해 질문하는 거라고 생각했을 거야.

이윽고 아버지는 우리가 탄 '엑스프레스호'에 대해 이야기하셨어. 그런 다음 승무원들 이야기로 화제를 돌리셨지. 마침내 아버지가 떨리는 목소리로 말씀하셨어.

"저기 저, 굴 까는 노인 있지 않습니까. 퍽 흥미로워 보이던데, 저 사람에 대해 좀 아십니까?"

선장은 그 말에 짜증이 나는지 퉁명스럽게 대답했어.

"그 사람은 작년에 미국에서 만났는데, 프랑스 출신의 늙은 부랑자요. 내가 본국으로 데려왔지요. 르아브르에 친척이 있는 것 같던데, 그들 곁으로 돌아가고 싶어 하질 않아요. 그들에게 빚을 졌다고 합디다. 이름이 쥘…… 쥘 다르망슈라던가? 뭐 그런 이름이에요. 한때는 미국에서 돈도 꽤 많이 번 모양이던데, 지금은 보다시피 저 꼴이랍니다."

그 말을 듣자 아버지의 얼굴은 납빛으로 변했고 얼빠진 눈이 되어 목멘 소리로 떠듬떠듬 대꾸하셨어.

"아! 알겠습니다…… 잘 알겠어요. 짐작하던 대로군요…… 대단히 고맙습니다, 선장."

그리고 그 자리를 떠나셨지. 한편 선장은 어이없다는 듯 멀어져가는 아버지의 모습을 바라보았지.

아버지가 심하게 일그러진 표정으로 돌아온 터라 어머니는 이렇게 말씀하셨어.

"앉아요. 사람들이 무슨 일인지 금세 눈치채겠어요."

아버지는 입속말로 더듬대면서 의자에 털썩 주저앉았어.

"그 애야, 바로 그 애야!"

그다음에 물었지.

"이제 우린 어떡하지?"

그러자 어머니가 재빨리 대답했어.

"아이들을 멀찍이 떨어뜨려 놓아야죠. 조제프가 모든

걸 다 알고 있으니 저 애를 보내서 애들을 불러와야겠어요. 사위가 아무것도 눈치채지 못하게 각별히 조심해야 해요."

아버지는 망연자실해서 이렇게 중얼거렸어.

"이 무슨 날벼락이람!"

어머니는 별안간 화를 내며 이렇게 말했어.

"난 늘 저 도둑놈이 뭔가를 하기는커녕 다시 우리에게 빌붙지는 않을지 의심이 들었어요. 다브랑슈 집안 남자에게 뭘 기대하겠어요!"

그러자 아버지는 어머니의 비난을 받을 때면 늘 그러듯 손으로 이마를 문질렀어.

어머니가 말을 이었지.

"조제프에게 돈을 주고 굴값을 치르라고 해요. 저 비렁뱅이가 우리를 알아보면 정말 큰일이니까. 이 배 위에서 그런 일이 벌어지면 참 볼만할 거예요. 자, 우리는 저쪽 끝으로 가요. 저 작자가 가까이 오지 못하도록."

어머니는 자리에서 일어났고, 부모님은 100수짜리 동전 하나를 주고는 저쪽으로 가버렸지.

누나들은 영문도 모른 채 아버지가 오기만을 기다리

고 있었어. 나는 어머니가 뱃멀미로 좀 힘들어한다고 말해주었지. 그러고는 굴 까는 남자에게 물었어.

“얼마 드리면 되죠, 할아버지?”

사실 나는 ‘삼촌’이라고 부르고 싶은 맘이 굴뚝같았어.

그가 대답했어.

“2프랑 50상팀입니다.”

나는 100수를 내밀었고, 그가 거스름돈을 건네주었다네.*

나는 그 손을, 뱃사람의 쭈글쭈글하고 고생 많은 손을 바라보았어. 그리고 그의 얼굴도 보았지. 늙고 비참하고 처량하고 세파에 시달린 그런 얼굴이더군. 나는 속으로 생각했어. ‘이 사람이 내 삼촌이다. 아버지의 동생이자 내 삼촌이야!’

나는 팁으로 10수를 주었네. 그는 고맙다고 했어.

“젊은이에게 신의 축복이 있기를!”

구걸하는 사람의 어조로 말일세. 나는 그가 미국에서 구걸하고 다닌 게 틀림없다고 생각했네.

* 1수는 5상팀이고 1프랑은 100상팀이다. 100수는 500상팀, 즉 5프랑이 된다.

누나들은 내 후한 인심에 어리둥절해서 나를 바라보았어.

내가 아버지에게 2프랑을 돌려주자, 어머니가 깜짝 놀라 물었지.

“굴값이 3프랑이나 됐니? 그럴 리가 없는데……”

“팁으로 10수를 주었어요.”

어머니가 펄쩍 뛰며 나를 뚫어져라 바라보았어.

“너 미쳤구나! 그 남자한테, 그따위 거지한테 10수를 주다니……”

어머니는 아버지 때문에 말을 그쳤어. 아버지가 눈짓으로 사위를 가리켰거든.

그러고는 모두 잠자코 있었지.

그때 수평선 위로 보랏빛 그림자가 솟아오르는 것 같았어. 바로 저지 섬이었네.

배가 부두에 가까워지자, 나는 쥘 삼촌을 한 번 더 보고 그에게 다가가 다정한 위로의 말을 건네고 싶어 참을 수가 없었어.

그러나 굴을 먹겠다는 사람이 더는 없었기 때문에, 쥘 삼촌은 이미 온데간데없었지. 아마도 그 불쌍한 사람은 자신이 머무는, 냄새 고약한 화물창 밑바닥으로 내려간 모양이야.

우리는 삼촌과 마주치지 않으려고 돌아올 때는 생말로행 배를 탔다네. 어머니는 초조하고 불안해서 어찌할 바를 몰랐지.

그 후로 나는 두 번 다시 삼촌을 볼 수 없었다네!

자, 이제는 자네도 알겠지. 내가 왜 이따금 부랑자들에게 100수나 되는 돈을 쥐여주는지.

아버지

Le père

§

바티뇰에 사는 그는 교육부 직원으로, 아침마다 사무실에 출근하기 위해 승합마차를 탔다.* 그리고 매일 아침 어떤 아가씨와 마주 앉아 파리 중심부까지 갔는데, 그러다가 그 여자를 사랑하게 되었다.

그녀는 자신이 일하는 가게로 매일 같은 시간에 출근했다. 작은 키에 갈색 머리였고, 눈이 검고 깊어서 마치 검정 얼룩처럼 보였으며, 얼굴에선 상아처럼 윤광이 났다. 그녀는 늘 같은 길모퉁이에서 나타났고, 투박하고

* 작가 모파상이 직원으로 일한 프랑스 교육부는 파리 중심부인 6구와 7구 사이에 위치한 그르넬가에 있었다. 바티뇰은 파리 17구에 있는 작은 지역으로 북쪽의 몽마르트르 묘지 왼편에 있다.

무거운 승합마차를 놓칠세라 부지런히 달려왔다. 다급한 표정으로 뛰어오면서도 유연하고 우아한 기품을 잃지 않았으며, 말들이 완전히 멈춰 서기 전에 발판에 올라 마차를 탄 다음 숨을 살짝 몰아쉬면서 안으로 들어와 자리에 앉고선 주변을 한번 쓱 둘러보았다.

프랑수아 테시에는 처음 그녀의 얼굴을 보고 한눈에 반했다. 때때로 상대를 잘 알지 못해도 미칠 듯이 끌어안고 싶은 여자를 만나기도 하는데, 그녀가 바로 그런 부류였다. 그 아가씨는 그의 내밀한 욕망에, 은밀한 기대에, 뭔지도 모르면서 저마다 가슴속에 간직하고 있는 사랑의 이상 같은 것에 꼭 들어맞았다.

그는 자신도 모르는 사이 그녀에게 시선을 고정하고 있었다. 그녀는 자기를 끈질기게 쳐다보는 그의 눈길이 불편해서 얼굴을 붉혔다. 그는 그것을 눈치채고 얼굴을 돌렸다. 하지만 아무리 다른 곳을 쳐다보려 해도 그녀에게로 시선이 되돌아가곤 했다.

그렇게 며칠이 지나고 두 사람은 말을 주고받지는 않았지만, 서로를 조금씩 의식하게 되었다. 마차가 만원이어서 자리가 없을 때면 그는 그녀에게 자리를 양보하고,

괴롭지만 지붕 위 좌석으로 올라갔다. 이제는 그녀가 미소를 띠며 그에게 눈인사를 보내는 사이가 되었다. 그의 강렬한 눈빛에 여전히 눈을 내리뜨고 있었지만, 그녀는 그가 자신을 바라보는 것이 더 이상 불편하지 않은 듯했다.

그들은 마침내 이야기를 주고받게 되었다. 일종의 빠른 친밀감 같은 것이 그들 사이에 이루어졌다. 이를테면 하루 30분의 교제였다. 물론 그것은 그의 인생에서 가장 기분 좋은 30분이었다. 그는 그 시간을 빼곤 진종일 그녀를 생각했다. 사무실에서 반복되는 긴 회의 시간 내내 그녀의 얼굴이 떠올랐다. 사랑하는 여자의 얼굴이 우리에게 남기는, 잘 지워지지 않고 늘 눈앞에 떠다니는 그런 이미지에 우리가 사로잡히고 소요되고 잠식되는 것처럼. 작고 사랑스러운 그녀를 온전히 소유하게 된다면 그것은 그에게 인간계를 거의 벗어나는, 미친 행복이 될 터였다.

이제 매일 아침 그녀는 그에게 악수를 청했고, 그는 손이 맞닿았을 때의 그 느낌을, 그녀의 작은 손가락들이 자신의 살을 살짝 눌렀을 때의 그 촉감을 저녁까지 간직했다. 그는 자신의 살갗에 남겨진 그녀의 흔적을 보관하고 있는 듯했다.

그는 승합마차에서 이루어지는 그 짧은 여행을 초초하게 기다리는 것으로 나머지 시간을 다 채웠다. 일요일은 그녀를 만나지 못해 슬펐다.

그녀가 그를 사랑한다는 것도 부정할 수 없는 사실이었다. 봄날의 어느 토요일, 다음 날 메종라피트*에 가서 함께 점심을 먹자는 제안을 받아들인 것을 보면 그랬다.

그녀가 먼저 역에 나와 기다리고 있었다. 그가 깜짝 놀라는 시늉을 하자 그녀가 말했다.

"출발하기 전에 드릴 말씀이 있어요. 한 20분 남았으니 아직 시간이 있어요."

그녀는 그의 팔에 기대어 가늘게 떨고 있었다. 눈은 내리뜨고 뺨은 창백했다. 그녀가 다시 말을 이었다.

"제 행동을 오해하시면 안 돼요. 저는 정숙한 여자예요. 당신이 약속하셔야만…… 하지 않겠다고…… 적절

* Maisons-Laffitte. 프랑스 중·북부 이블린주 북동부의 도시. 파리 북서쪽 센강 연변에 있음. 17세기의 고성古城, 1887년 이래 경마장이 있음.

하든…… 적절하지 않든…… 아무것도 하지 않겠다고 맹세하셔야만 거기에 가겠어요."

그녀의 얼굴이 갑자기 개양귀비꽃보다 더 붉어졌다. 그녀는 입을 다물었다. 그는 행복하면서도 동시에 희망이 물거품이 되는 듯해서 얼른 대답을 못 하고 미적거렸다. 마음속으로는 그런 그녀가 더 좋은지도 몰랐다. 하지만 지난밤 자신의 혈관에 불을 지른 몽상들에 내심 흔들렸던 것도 사실이다. 그녀가 행실이 가벼운 여자였다면 분명 그녀를 덜 사랑했을 것이다. 그편이 더 매혹적이고 감미롭기는 했을 테지만. 남자들이 사랑 앞에서 하게 되는 온갖 이기적인 계산이 그의 머릿속에서 맴돌이쳤다.

그가 아무 말도 하지 않자, 눈가가 촉촉해진 그녀가 약간 흥분된 목소리로 다시 말을 이었다.

"당신이 내 의견을 전적으로 존중하겠다고 약속해주지 않으면, 전 집으로 돌아가겠어요."

그 말에 그가 그녀의 팔을 다정스럽게 움켜잡으며 이렇게 대답했다.

"약속하겠소. 무엇이든 당신 하고 싶은 대로 하구려."

그제야 그녀는 마음이 놓이는 듯 미소를 지으며 물었다.

"정말이죠?"

그가 그녀의 눈을 그윽하게 바라보며 말했다.

"맹세하겠소."

"그럼 기차표를 사러 가요."

그녀가 말했다.

기차를 타고 가는 동안 그들은 거의 대화조차 나누지 못했다. 기차간이 사람들로 가득 차 있었기 때문이다.

메종라피트에 도착하자 그들은 센강 쪽으로 걸음을 옮겼다.

포근한 공기가 몸과 마음을 나른하게 했다. 강물 위로, 나뭇잎과 잔디 위로 내리쬐는 햇볕에 육체와 정신이 오색영롱한 기쁨으로 가득했다. 두 사람은 손을 꼭 잡고, 둑 양편의 물속에서 무리 지어 헤엄쳐 다니는 작은 물고기들을 바라보며 둑길을 따라 걸었다. 그들은 정신을 잃을 정도로 더없는 행복감에 젖어 몸이 공중에 붕 뜬 것만 같았다.

그녀가 마침내 입을 뗐다.

"당신은 저를 미친 여자라고 생각하겠죠."

그가 물었다.

"왜 그런 말을 하시오?"

그녀가 다시 말했다.

"이렇게 당신과 단둘이 온 게 미친 게 아니면 뭘까요."

"천만에요! 이것은 지극히 자연스러운 일이에요."

"아녜요! 아니에요! 이건 자연스러운 일이 아니에요. 실수를 범하고 싶지는 않아요. 그런데 보통 이렇게 실수를 저지른대요. 만약 당신이 제 처지를 아신다면! 저는 하루하루가 아주 슬퍼요. 늘 똑같아요. 한 달 내내 그리고 1년 열두 달 내내. 저는 엄마와 단둘이 살고 있어요. 엄마는 많은 곡절을 겪으셔서 늘 처져 있어요. 저도 물론 있는 힘껏 최선을 다해요. 웃으려고 노력도 하고요. 하지만 항상 성공하는 건 아녜요. 어쨌든 이렇게 온 것은 잘못이에요. 적어도 당신만큼은 저를 탓하지 않겠죠?"

그는 대답 대신 그녀의 귀에 재빨리 입맞춤했다. 그러자 그녀가 거칠게 몸을 떼더니 버럭 소리를 질렀다.

"오! 프랑수아 씨! 아까 그렇게 약속해놓고."

그리고 그들은 메종라피트 쪽으로 되돌아왔다.

그들은 프티아브르에서 점심을 먹었다. 지붕이 낮은 그 집은 물가에 있는 네 그루의 키 큰 포플러에 가려져 있었다.

야외 식사, 더위, 백포도주 몇 모금 그리고 서로 곁에 있어서 느끼는 감정의 동요, 이런 것들이 그들의 얼굴을 달아오르게 했고, 숨 막히게 했고, 침묵하게 했다.

그러나 커피를 마시고 난 다음에는 느닷없이 기분이 가볍고 좋아졌다. 그들은 센강을 건넌 뒤 강가를 따라 라프레트 마을 쪽으로 향했다.

갑자기 그가 물었다.

"이름이 뭐죠?"

"루이즈."

그는 입속으로 '루이즈'라는 말을 몇 번 되뇌었다. 그러고는 더 이상 아무런 말도 하지 않았다.

길게 굽이쳐 흐르는 강은 물속에 거꾸로 비친 하얀 집들을 아득히 에워싸고 있었다. 젊은 처녀는 데이지를 꺾어 주변 풍경에 맞게 커다란 꽃다발을 만들었다. 그는 풀밭에 막 풀린 어린 말처럼 신이 나서 목이 멜 정도로 노래를 불렀다.

그들 왼쪽으로 강을 따라 포도나무가 심어진 작은 언덕이 펼쳐져 있었다. 갑자기 프랑수아가 걸음을 멈추더니 놀란 표정으로 그대로 서 있었다.

"와! 저길 봐요."

그가 말했다.

포도밭에 이어서 온통 라일락으로 뒤덮인 언덕이 모습을 드러냈다. 가히 자줏빛 숲이었다. 커다란 양탄자가 2, 3킬로미터 떨어진 저편 마을까지 쭉 펼쳐져 있는 듯했다.

그녀 역시 감동해서 말없이 바라만 보았다. 그녀가 중얼거렸다.

"오! 너무 아름다워요!"

그들은 들판을 가로질러 그 희한한 언덕 쪽으로 달려갔다. 그 언덕에서 피는 라일락은 행상인의 작은 마차에 실려 매년 파리 전역에 제공되었다.

키 작은 떨기나무 아래로 좁은 오솔길이 사라질 듯 나 있었다. 그들은 그 길로 접어들었고, 작은 빈터가 나오자 거기에 앉았다.

그들의 머리 위로 파리가 윙윙거리며 감미로운 잡음을 잇달아 공중으로 날리고 있었다. 바람 한 점 없는 한낮의 강한 햇빛이 꽃이 만발한 언덕 위로 쏟아지고, 그 자줏빛 숲에서 강렬한 향과 꽃의 '땀'과 같은 꽃 내음이 거센 숨결로 밀려왔다.

멀리서 교회 종소리가 울렸다.

그들은 아주 천천히 서로를 껴안았고, 풀밭 위로 몸을 눕혀 자신들의 입맞춤에만 아득히 정신을 빼앗긴 채 격렬히 포옹을 나눴다. 그녀는 눈을 감고서 품 안에 들어온 그를 부듯이 안았다. 그리고 아무 생각 없이, 미친 듯이, 머리부터 발끝까지 억누르기 어려운 정념에 마비되어 그를 끌어안았다. 그녀는 대관절 자기가 무슨 짓을 하는지도 모른 채, 그에게 몸을 맡긴다는 것이 무엇을 의미하는지도 깨닫지 못한 채 자신의 모든 것을 그에게 바쳤다.

그녀는 스스로 큰 불행을 자초했다는 생각이 들자 정신이 퍼뜩 들었다. 그러고는 두 손으로 얼굴을 감싸 쥐고 고통에 찬 신음을 내며 울기 시작했다.

그는 그녀를 달래려고 애를 썼다. 그러나 그녀는 떠나

기를, 되돌아가기를, 당장 집으로 가기만을 원했다. 그녀는 발걸음을 크게 떼어놓으며 연신 이렇게 뇌까렸다.

"어쩌지! 어쩌면 좋지!"

그가 말했다.

"루이즈! 루이즈! 그만 멈춰요, 제발 부탁이에요."

이제 그녀의 광대뼈는 벌겋게 달아올랐고 눈은 퀭해졌다. 파리의 역에 도착하자마자, 그녀는 작별 인사 한 마디 없이 떠나버렸다.

다음 날 승합마차 안에서 그녀를 다시 만났을 때, 그녀는 다른 사람 같았다. 많이 야위어 보였다. 그녀가 말했다.

"긴히 할 말이 있어요. 우리 다음 큰길에서 내려요."

마차에서 내려 단둘이 있게 되자 그녀가 말했다.

"이제 그만 헤어져요. 그런 일이 있었는데 아무 일도 없던 것처럼 당신을 계속 만날 수는 없어요."

그가 더듬거리며 되물었다.

"도대체, 왜 그러는 거요?"

"그냥 그럴 수 없다는 생각이 들어요. 전 죄를 지었어요. 앞으론 그러지 않을 거예요."

그러자 그가 도리어 더 애걸복걸하며 그녀에게 매달렸다. 치솟는 욕망 때문에 온몸이 에일 듯했고, 사랑의 밤에 몸을 내맡겨 그녀를 완전히 갖고 싶은 마음에 미칠 것 같았다.

그녀는 고집을 부리며 바싹 우겼다.

"아뇨, 전 그럴 수 없어요. 그럴 수 없다고요."

그러나 그는 몸이 달아오르면서 더 큰 흥분에 빠졌다. 그는 그녀에게 결혼하자고 했다. 그녀가 또다시 고집을 세웠다.

"아니에요."

그러고는 그를 두고 떠나버렸다.

그는 일주일 동안 그녀를 보지 못했다. 만날 수도 없었다. 그녀가 어디 사는지 몰랐기 때문에 그는 그녀를 영영 잃어버렸다고 생각했다.

일주일이 지난 어느 날 저녁, 누군가 그의 집 초인종을 눌렀다. 그는 현관으로 나가 문을 열었다. 그녀였다. 그녀가 그의 품속으로 뛰어들었다. 그리고 더는 그를 밀어내지 않았다.

석 달 동안 그녀는 그의 애인이었다. 그리고 그녀가 임신 사실을 알리자 그는 그녀에게 싫증이 났다. 이제 그의 머릿속에는 무슨 수를 써서라도 이 관계를 끊어야겠다는 생각밖에 없었다.

그러나 그는 어떤 방법으로 그럴 수 있을지, 어떻게 처신해야 할지, 뭐라고 말해야 좋을지 몰랐고, 자라날 아이에 대한 두려움 때문에 미칠 지경이 되자 최후의 결심을 했다. 어느 날 밤, 그는 집을 옮기고 종적을 감춰버렸다.

충격이 너무 컸던 탓인지, 그녀는 더 이상 자신을 버린 그 남자를 찾지 않았다. 그녀는 어머니 앞에 무릎을 꿇고 앉아 자신의 불행을 하소연했다. 그리고 몇 달 뒤 사내아이를 낳았다.

몇 년이 흘렀다. 프랑수아 테시에는 판에 박힌 듯 단조로운 나날 속에서 나이만 더금더금 먹어갔다. 그는 희망도 기대도 없고, 변화도 활기도 없는 하급 관리의 삶을 살고 있었다. 그는 매일 같은 시간에 일어나 같은 거리를 지나서 같은 수위 앞에서 같은 문을 지나 같은 사무실로 들어가 같은 의자에 앉아 같은 일을 했다. 세상과 고립된 그는 혼자였다. 낮에는 무관심한 동료들 속에서 혼자였고, 밤에는 자신의 자취방에서 혼자였다. 그는 노후를 대비해 한 달에 100프랑씩 저축했다.

그는 일요일이면 우아하게 차려입은 사람들, 말이나 마차 등의 장비들 그리고 예쁜 여자들이 지나다니는 것을 보기 위해 샹젤리제 거리를 둘러보곤 했다.

그다음 날이면 일에 쫓겨 허덕이는 동료에게 이렇게 말했다.

"어제 불로뉴 숲을 지나던 길에 거리를 봤는데 풍경이 여간 근사하지 않더군!"

그러던 어느 일요일, 프랑수아 테시에는 우연히 새로 난 길을 따라 걷다가 몽소 공원으로 들어갔다. 구름 한 점 없이 맑은 여름 아침이었다.

엄마들과 하녀들이 산책로에 나란히 앉아 아이들이 뛰어노는 모습을 바라보고 있었다.

갑자기 프랑수아 테시에가 부르르 몸을 떨었다. 어떤 여자가 아이 둘의 손을 잡고 지나가고 있었다. 그중 하나는 열 살쯤 되어 보이는 사내아이였고, 다른 하나는 네 살쯤 된 여자아이였다. 가만히 보니 아이들의 손을 잡고 가는 그 여자는, 다름 아닌 그녀였다.

그는 100걸음 정도 겨우 걸어 의자에 가 주저앉았다. 온몸이 굳고 숨이 멎는 듯했다. 그녀는 그를 알아보지 못했다. 그녀를 다시 보고 싶은 마음에 그는 산책로로 되돌아갔다. 그녀는 이제 의자에 앉아 있었다. 사내아이는 그녀 옆에 얌전히 서 있었고, 여자아이는 흙장난을 하며 놀고 있었다. 그녀였다. 분명 그녀였다. 그녀는 진지한 표정에 단정하고 수수한 옷차림을 하고 있었고, 당당하고도 품위 있는 자태의 중년 부인이었다.

그는 차마 가까이 가지 못한 채 먼발치에서 그녀를 바라만 보았다. 사내아이가 고개를 들었다. 프랑수아 테시에는 온몸이 후들후들 떨렸다. 그 아이는 영락없이 자기였다. 그는 아이의 얼굴을 다시 찬찬히 뜯어보았다. 예전에 찍은, 어느 사진 속 자기를 보는 듯했다.

그는 나무 뒤에 숨어서 그녀가 자리를 털고 일어나기를 기다렸다가 뒤를 밟았다.

그날 밤 그는 이런저런 생각에 잠겨 밤새 잠을 이루지 못했다. 그 무엇보다 아이의 존재가 그를 괴롭혔다. 내

아들일까! 오! 확인할 수만 있다면! 도대체 어찌해야 한단 말인가?

그는 그녀의 집을 보았고 다른 정보도 알아냈다. 그녀는 이웃에 살고 있던 점잖은 신사와 결혼했으며, 상심한 그녀를 그 신사가 다독여주었다는 것을. 그 남자는 그녀의 과거를 알고서도 그녀를 받아들였으며 프랑수아 테시에의 아이를 자기 자식으로 인정하기까지 했다는 것을.

그는 일요일마다 몽소 공원에 갔다. 일요일마다 그녀를 보았고, 그때마다 자신의 아들을 품에 안고 입맞춤을 퍼붓고, 아이를 데려가고, 훔쳐 가고 싶은 마음이 미치도록 절절해 견딜 수가 없었다.

그는 사랑을 나눌 대상 없이 살아가는 늙다리 남자의 생활이 외롭고 고달파서 몸서리쳤다. 후회, 갈망, 질투, 자연이 인간의 마음속 깊은 곳에 만들어놓은, 자기 핏줄에 대한 부성애 때문에 마음이 찢어지듯 아팠다.

마침내 그는 가망 없는 짓을 시도하기로 했다. 어느 날 그녀가 공원에 올 때 그녀에게 다가가 말을 건넸다. 산책로 한복판에 우뚝 서서 납빛처럼 창백한 얼굴로 입술을 파르르 떨며 간신히 말을 꺼냈다.

"나, 날 못 알아보겠소?"

그녀는 얼굴을 들어 그를 바라보더니 기겁하며 비명을 질렀다. 그러고는 두 아이를 끌어당겨 등 뒤로 숨기더니 달아나버렸다.

그는 집에 돌아와 소리 내어 울었다.

몇 달이 또 흘렀다. 그는 그녀를 더 이상 보지 못했다. 아들에 대한 그리움이 뼈에 사무쳐 밤낮으로 격심한 고통을 겪었다.

아들을 품에 안아볼 수만 있다면 죽어도 여한이 없을 것 같았다. 그럴 수만 있다면 사람을 죽일 수도, 무슨 짓이든 할 수도, 어떤 위험이라도 감당할 수 있을 것 같았다. 그 어떤 대담하고 엉뚱한 짓도 마다하지 않을 것 같았다.

그는 그녀에게 편지를 썼다. 하지만 아무런 답이 없었다. 수십 통의 편지를 보낸 후에야 그녀의 마음을 돌릴 수 없음을 깨달았다. 그는 자포자기의 심정으로 마침내 한 가지 결심을 했다. 필요하다면 총에 맞아 죽어도 좋다고 생각했다. 그는 그녀의 남편에게 짤막한 편지를 써 보냈다.

"선생님, 제 이름을 듣는 것만으로도 벌써 혐오가 치솟으시겠지요. 그러나 저는 너무도 비참하고, 너무나도 비통함에 고통받고 있어서 이제 오로지 당신에게만 희망을 걸어봅니다. 10분만 제게 시간을 내어주시기를 부탁드립니다. 그럼 이만."

다음 날 그는 답장을 받았다.

"선생님, 화요일 5시에 기다리고 있겠습니다."

프랑수아 테시에는 층대를 한 단 한 단 오를 때마다 걸음을 멈추었다. 심장이 벌떡벌떡 뛰었다. 가슴에서 짐승이 내달릴 때처럼 숨 가쁜 소리, 둔탁하고 격렬한 소리가 났다. 그는 밑으로 굴러떨어지지 않으려고 난간을 붙들고 안간힘을 쏟았다.

4층에 이르러 그는 초인종을 눌렀다. 하녀가 나와 현관문을 열어주었다. 그가 물었다.

"플라멜 씨 댁인가요?"

"네, 맞습니다. 들어오세요."

그는 부르주아풍의 거실로 들어갔다. 거실엔 자신뿐이었다. 그는 파국의 한가운데에 있는 것처럼 안절부절

어쩔 줄 몰랐다.

문이 열리고 한 남자가 나타났다. 키가 크고 근엄한 얼굴에 약간 뚱뚱했으며, 검정 프록코트를 걸치고 있었다. 그가 손으로 의자를 가리키며 앉기를 권했다.

프랑수아 테시에는 의자에 앉았다. 그러고는 숨을 헐떡이며 말했다.

"선생님…… 선생님…… 선생님께서 제 이름을 아시는지 모르겠습니만…… 만약에 알고 계시다면……"

플라멜 씨가 그의 말을 끊었다.

"그렇게 어렵게 말씀하실 필요 없습니다. 선생님, 알고 있습니다. 아내에게서 선생님 이야기를 들었습니다."

그는 근엄해 보이고 싶어 하는, 선량한 남자에게 어울리는 어조를 지니고 있었다. 부르주아 신사다운 풍채와 위엄도 갖추고 있었다. 프랑수아 테시에가 다시 말을 이었다.

"그렇다면 선생님, 말씀드리겠습니다. 지난날을 생각하면 슬픔과 후회와 수치심으로 죽을 지경입니다. 한 번만 딱 한 번만, 안아보고 싶습니다…… 그 아이를."

플라멜 씨는 그 말을 듣더니 자리에서 일어나 벽난로

쪽으로 가서 초인종을 눌렀다. 하녀가 나타났다. 그가 말했다.

"루이를 이리로 데려와요."

하녀가 방에서 나갔다. 마주 앉은 두 남자는 말없이 두 눈을 멀뚱거리며 아이를 기다렸다.

그때 갑자기 열 살쯤 된 사내아이가 거실로 뛰어 들어와 아버지로 알고 있는 사람에게 달려갔다. 그러다가 낯선 사람을 발견하고는 당황하여 걸음을 멈췄다.

플라멜 씨는 아이의 이마에 입을 맞추고 이렇게 말했다.

"이제 이 선생님께 뽀뽀를 해드리렴, 얘야."

잠깐 낯선 사람을 눈길로 살피던 아이는 이내 얌전하게 다가왔다.

프랑수아 테시에는 자리에서 벌떡 일어났다. 그 바람에 모자가 떨어졌다. 하마터면 넘어질 뻔했다. 그는 자기 아들을 찬찬히 바라보았다.

플라멜 씨는 그를 배려해서 고개를 돌려 창문 너머 거리를 내려다보았다.

아이는 깜짝 놀라 잠시 멈칫하다가 모자를 주워 낯선

사람에게 건네주었다. 그러자 프랑수아가 두 팔 가득 어린아이를 품에 끌어안고 얼굴 전체와 눈, 뺨, 입, 머리카락에 미친 듯이 입맞춤을 퍼부었다.

입맞춤 세례에 놀라고 당황한 아이는 거기서 벗어나려고 애를 썼다. 고개를 돌리며 작은 두 손으로 낯선 사람의 끈적거리는 입술을 밀어내려고 했다.

그러자 갑자기 프랑수아 테시에가 아이를 바닥에 내려놓더니 이렇게 외쳤다.

"잘 있거라! 잘 있어!"

그러고는 도둑처럼 그 방에서 도망쳐버렸다.

잃어버린 끈

La ficelle

§

해리 알리스에게

고데르빌로 가는 모든 길은 읍내로 향하는 농부들과 그들의 아내들로 붐볐다. 바로 장날이었기 때문이다. 남자들은 얌전히 걸음을 옮기고 있었다. 길고 굽은 다리를 움직일 때마다 몸이 앞으로 쏠리곤 했다. 왼쪽 어깨를 들어 올리거나 허리를 휘게 할 정도로 힘이 드는 고된 쟁기질과 두 무릎을 벌린 채 균형을 잡고 해야 하는 풀베기 작업 같은 더디고 힘든 농촌 일로 인해 다리는 보기 흉하게 뒤틀려 있었다. 풀을 먹여 빳빳한 푸른 작업복은 니스를 칠한 것처럼 반짝거렸고, 소맷부리와 칼라에는 흰색 실로 수가 놓여 있었다. 그것은 그들의 앙상한 상체 주변으로 부풀어 올라 그 모습이 마치 막 날아오르려는 풍선처럼 보였고, 거기서 머리와 두 팔, 두 다리가 불거져 나온 것 같았다.

어떤 사람들은 비끄러맨 암소와 송아지를 잡아끄는가 하면, 그들의 아내들은 뒤에서 나뭇잎이 듬성듬성 붙어 있는 나뭇가지로 소의 엉덩이를 후려치며 걸음을 재촉하고 있었다. 그녀들은 커다란 바구니를 팔에 끼고 있었는데, 이 바구니에서는 어린 닭들의 머리가, 저 바구니에서는 오리들의 머리가 바구니 밖으로 삐져나와 있었다. 남자들보다 활기차고 잰걸음으로 걷고 있는 부인네들은 깡마르고 곧은 허리에, 몸에 꼭 끼는 작은 숄을 둘러 평평한 가슴에 핀으로 고정시켰고, 흰 천을 머리에 두르고 그 위에 헝겊 모자를 쓰고 있었다.

그러자 조랑말이 끄는 달구지가 덜컹거리며 빠른 속도로 지나갔다. 달구지에 나란히 앉아 있던 두 남자가 기묘하게 흔들렸고, 안쪽에 자리 잡은 여자는 심한 요동을 견디느라 가장자리를 붙잡고 있었다.

고데르빌 광장에는 인간과 짐승이 혼잡스럽게 뒤섞여

있었다. 황소의 뿔들과 긴 깃털이 꽂힌 부유한 농민들의 높다란 모자들 그리고 시골 아낙네들의 머리쓰개가 군중 위로 드러나 보였다. 시끄럽고, 날카로우며, 찢어지는 듯한 소리가 계속해서 이어져 원시적인 아우성을 만들어냈으나, 그런 소리는 이따금 쾌활한 촌사람의 건장한 가슴에서 터져 나오는 커다란 목소리나 집 담벼락에 매어놓은 암소의 긴 울음소리에 눌리곤 했다. 이 모든 것에서 외양간 냄새와 젖 냄새, 퇴비 냄새, 건초 냄새 그리고 땀 냄새가 물씬 풍겨 나왔다. 그것은 들판에서 일하는 사람들에게서 나는 시큼하고 고약한, 인간적이면서도 동물적인 독특한 냄새였다.

브레오테에 사는 오슈코른느 영감은 방금 고데르빌에 도착했다. 광장 쪽으로 걸어가던 그는 땅바닥에 작은 끈 하나가 떨어져 있는 것을 발견했다. 노르망디 사람답게 절약이 몸에 밴 오슈코른느 영감은 쓸 만한 것은 무엇이든 모아두는 편이 좋다고 생각했다. 그는 류머티즘으로 고생하고 있던 터라 간신히 몸을 굽혔다. 그가 땅바닥에서 가느다란 끈을 집어 정성스럽게 감으려 할 때 마구 제조상인 말랑댕 씨가 문지방에 서서 그를 바라보고 있었다. 그들은 예전에 말고삐 문제로 다툰 적이 있고, 그 일 때문에 사이가 나빠져 원수지간이 되었다. 오슈코른느 영감은 진창에서 끈을 줍고 있는 모습을 적에게 들킨 것에 수치심을 느꼈다. 그는 주운 것을 얼른 작업복 속에 감춘 다음 바지 주머니에 넣었다. 그러고는 땅바닥에서 무언가를 찾다가 아직 찾지 못한 시늉을 하며 머리를 앞으로 내밀고, 아픈 듯 허리를 잔뜩 숙이고는 시장으로 갔다.

그는 곧 끊임없이 흥정하느라 흥분하고 떠들썩하고 굼뜬 군중 속으로 사라졌다. 농부들은 암소들을 이리저리 살펴보았으나, 속을지 모른다는 두려움 때문에 감히 결정 내리지 못하고 있었다. 그들은 장사꾼의 눈을 염탐하면서, 그의 술수와 짐승의 결점을 찾으려고 왔다 갔다 했다.

여자들은 발치에다 커다란 바구니를 내려놓고 닭을 꺼냈다. 발목이 묶인 닭들은 겁에 질린 채 진홍빛 볏을 세우고 있었다. 여자들은 상대방이 부르는 가격을 듣고 냉담한 표정으로 태연하게 고개를 젓다가, 천천히 멀어져가는 손님에게 갑자기 그 가격을 부르며 소리쳤다.

"좋아요, 앙팀므 씨. 그 가격에 드리겠습니다."

광장에는 사람들이 점점 줄어들었고, 성당의 종이 정오를 알리자 먼 곳에서 온 사람들은 식당으로 들어갔다.

주르댕 씨의 커다란 홀은 손님들로 꽉 차 있었는데, 넓은 안마당에는 짐수레, 1두 이륜마차, 의자 달린 긴 마차, 2인승 이륜마차, 작은 이륜 포장 짐마차 등 갖가지 탈것들로 가득했다. 개중에는 똥이 묻어 누런 것도 있었고, 보기 흉하게 찌그러진 것, 너덜너덜하게 기운 것, 수레의 채가 두 팔을 쳐들 듯이 하늘을 향해 있는 것도 있었으며, 앞머리는 땅으로 뒤꽁무니는 하늘로 쳐들고 있는 것도 있었다.

식탁에 앉은 손님들 바로 곁에는 환한 불꽃이 이글거리는 커다란 벽난로가 자리하고 있어, 오른쪽에 열 지어 앉아 있는 사람들의 등에 따뜻한 온기를 전해주고 있었다. 벽난로 속에는 병아리와 비둘기, 양의 넓적다리가 꽂힌 세 개의 꼬챙이가 돌아가고 있었다. 살이 구워지면서 나는 냄새와 노랗게 구워진 껍질을 타고 흘러내리는 육즙의 맛있는 냄새가 난로에서 풍겨 나와 맛의 즐거움을 더하고 입안에 군침이 돌게 했다.

경작지를 가지고 있는 모든 귀족은 여인숙을 운영하는 데다 말 매매상이며 약삭빠르게 돈을 버는 주르댕 씨 집에서 식사했다. 음식은 나오자마자 노란 사과주 병처럼 비워졌다. 사람들은 저마다 자신이 구입하거나 판매한 물건에 관해 이야기했다. 올해 수확에 대한 정보도 주고받았다. 날씨가 좋아서 밭에서 기르는 채소들은 농사가 잘됐지만, 밀 농사를 짓기에는 좀 습했다는 얘기였다.

갑자기 집 앞에서 북소리가 요란하게 울려 퍼졌다. 몇몇 무관심한 사람을 제외하고는 모두 자리에서 일어나, 아직 입속에 음식물이 가득한 채로 손에 냅킨을 들고 문으로 창문으로 달려갔다.

북소리가 멈춘 후, 공지 사항을 알리는 관리 한 사람이 끊어졌다 이어졌다 하는 목소리로, 가능한 한 또박또박 다음과 같이 말했다.

"고데르빌 주민과 시장에 온 모든 사람에게 알립니다. 오늘 아침 9시와 10시 사이에, 뵈즈빌 거리에서 500프랑의 돈과 매매 서류가 들어 있는 검정색 가죽 지갑을 분실했다고 합니다. 지갑을 소지하고 계신 분은 즉시 면

사무소나 마네르빌의 포르튀네 울브레크 씨 댁으로 가져다주시기 바랍니다. 20프랑의 사례금을 받을 수 있습니다."

그러고 나서 그 남자는 자리를 떠났고, 멀리서 이 소식을 다시 알리는 북소리와 관리의 목소리가 희미하게 들려왔다.

그러자 사람들은 울브레크 씨가 잃어버린 지갑을 찾을 수 있을지에 대해 이야기꽃을 피웠다. 그러는 와중에 식사가 끝났다.

사람들이 커피를 다 마셨을 때, 파출소 주임이 식당 입구에 나타났다.

그가 물었다.

"브레오테에 사는 오슈코른느 씨가 여기 계신가요?"

식탁 끄트머리에 앉아 있던 오슈코른느 영감이 대답했다.

"예, 전데요."

그러자 주임이 다시 말했다.

"오슈코른느 씨, 저와 함께 면사무소로 가주셔야겠습니다. 면장님께서 드릴 말씀이 있답니다."

놀라고 불안해진 농부는 커피를 단숨에 마시고는 자리에서 일어났다. 좀 쉬고 나서 발걸음을 옮기는 것이 많이 힘이 들었던지, 그는 아침보다 허리가 더 구부러진 채로 다음과 같은 말을 되뇌면서 길을 나섰다.

"접니다. 바로 제가 오슈코른느입니다."

그는 주임을 쫓아갔다.

면장은 안락의자에 앉아 그를 기다리고 있었다. 그는 이 지방의 공증인으로 말을 과장되게 하면서 근엄한 체하는 뚱뚱한 남자였다.

"오슈코른느 씨, 오늘 아침에 뵈즈빌 거리에서 당신이 마네르빌의 울브레크 씨가 잃어버린 지갑을 줍는 것을 보았다는 사람이 있는데요."

촌사람은 어안이 벙벙해져 면장을 쳐다보았다. 이유는 모르겠지만, 그는 자신을 짓누르는 의혹에 더럭 겁을 집어먹었다.

"제…… 제가요? 그…… 지갑을 주웠다고요?"

"그렇소. 바로 당신이 주웠다는군요."

"말도 안 되는 소리입니다. 저는 그 지갑에 대해 전혀 아는 바가 없습니다."

"본 사람이 있는데요."

"본 사람이 있다고요? 대체 누가 보았다는 겁니까?"

"마구 제조상인 말랑댕 씨요."

그러자 노인은 아침의 일이 생각났고, 사태를 파악하고는 화가 나 얼굴을 붉히면서 말했다.

"그렇죠! 그자가 나를 보긴 봤죠, 그 촌놈이. 그자는 내가 이 끈 줍는 것을 보았던 겁니다. 자, 여기 끈이 있습니다, 면장님!"

그러면서 그는 주머니 속을 뒤져 끈 조각을 꺼냈다.

그러나 면장은 믿을 수 없다는 듯이 고개를 저었다.

"나는 당신의 말을 믿을 수 없소, 오슈코른느 씨. 말랑댕 씨는 믿을 만한 사람인데, 그 끈을 지갑으로 잘못 봤다는 말입니까?"

농부는 화가 나서 손을 쳐들었고, 자신의 명예를 입증하기 위해 한쪽에 침을 뱉으면서 계속 말했다.

"하지만 그건 사실입니다. 맹세코 제 말은 사실입니다. 면장님, 저의 영혼과 구원을 걸고 맹세할 수 있습니다."

면장이 말을 이었다.

"그 물건을 주운 후에도, 혹시 동전들이 떨어지지 않

았나 하고 진창 속을 한참 찾더라고 하던데요."

노인은 화가 나고 두려워서 숨이 막힐 지경이었다.

"어떻게 그렇게 말할 수가!…… 어떻게 그럴 수가!…… 정직한 사람을 모함하기 위해 그런 거짓말을 하다니!…… 어떻게 그렇게 말할 수가 있을까!……"

그가 아무리 항의해도 소용없었다. 사람들은 그를 믿어주지 않았다.

말랑댕 씨와 대질도 했지만, 그도 자신이 똑똑히 보았다는 주장만 되풀이했을 뿐이다. 그들은 한 시간 동안 서로 욕설을 퍼부었다. 사람들은 말랑댕 씨의 요구에 따라 오슈코른느 씨의 몸을 수색했다. 그러나 아무것도 발견하지 못했다.

몹시 난처해진 면장은 마침내 그를 돌려보내면서, 검찰에 통지하여 영장 발부를 요구할 것이라고 알려주었다.

그 소문은 널리 퍼졌다. 노인네가 면사무소를 나서자 사람들이 그를 에워싸고, 진지하면서도 야유하는 듯한, 하지만 분노나 증오는 찾아볼 수 없는 그런 호기심으로 그에게 질문을 던졌다. 노인은 문제의 그 끈에 관해 이야기했다. 그러나 사람들은 그의 말을 믿어주기는커녕 웃기만 했다.

사람들에게 가로막히자 그는 안면이 있는 사람들을 불러 세우고는 끝없이 그 끈 이야기를 되풀이하면서 자신의 입장을 항변했다. 아무것도 가지지 않았다는 것을 증명하기 위해 호주머니를 뒤집어 보이기도 했다.

사람들은 말했다.

"약아빠진 늙은이 같으니라고, 꺼져요!"

그러자 노인은 화를 내고 짜증 내고 흥분했으며, 사람들이 자신을 믿지 않는 것에 몹시 가슴 아파하면서도 딱히 어찌할 바를 몰라 자기 이야기만 줄곧 늘어놓았다.

날이 차츰 어두워지고 있었고, 그는 고데르빌을 떠나야 했다. 그는 함께 길을 가게 된 세 명의 이웃 사람에게 자신이 끈을 주운 장소를 가르쳐주었다. 길을 가는 동안 내내 자신이 겪은 황당한 일에 관해 이야기했다.

저녁에 그는 모든 사람에게 그 사건에 관해 이야기하려고 브레오테 마을을 한 바퀴나 돌았지만, 모두 미심쩍은 표정이었다.

그 일로 그는 밤새도록 끙끙 앓았다.

이튿날 오후 1시경에, 이모빌에서 농사를 짓는 브르통 씨 농장의 하인 마리우스 포멜이 지갑과 그 속에 든 내용물을 마네르빌의 울브레크 씨에게 돌려주었다. 그는 길에서 그 물건을 주웠다고 주장했다. 그러나 글을 읽을 줄 몰라 그것을 집으로 가져간 다음, 주인에게 건넸다는 것이다.

그 소문은 주변에 퍼졌다. 오슈코른느 씨도 그 소식을 들었다. 그는 즉시 마을을 다시 돌아다니며, 누명을 썼다가 다행스러운 대단원을 맞이한 자신의 이야기를 사람들에게 늘어놓았다.

그는 의기양양하게 말했다.

"내가 슬픈 것은 그 일이 아니라 거짓말이란 말입니다. 아시겠습니까? 거짓말로 인해 비난받는 것보다 더 가슴 아픈 일은 없단 말입니다."

하루 종일 그는 자신이 당한 뜻밖의 사건에 관해 이야기했다. 길에서는 지나가는 사람들에게, 술집에서는 술 마시는 사람들에게, 그 주 일요일에는 교회 입구에서 그 사건에 관해 이야기를 늘어놓았다. 그는 모르는 사람들까지 멈춰 세우고는 자신의 이야기를 들려주었다. 이제 그는 조용해졌다. 그러나 정확히 무엇 때문인지는 알 수 없지만, 그 무언가가 그는 계속 불편했다. 사람들은 그의 말을 들으면서 빈정거리는 태도를 보였다. 오슈코른느는 등 뒤에서 사람들이 수군덕대는 듯한 느낌도 받았다.

그는 입장을 분명하게 밝히고 싶은 마음에 그다음 주 화요일, 고데르빌의 시장에 갔다. 말랑댕 씨가 문에 서서, 그가 지나가는 것을 보더니 웃어대기 시작했다. 도대체 왜 그러는 것일까?

오슈코른느 영감은 크리크토의 소작인에게 다가가 말을 걸었다. 그가 말을 채 끝맺기도 전에 소작인은 움푹 들어간 배 부위를 손바닥으로 툭 치면서 면전에 대고 소리쳤다.

"이, 말도 못 하게 약아빠진 사람, 꺼져요."

그러고 나서 소작인은 가버렸다.

오슈코른느 영감은 어안이 벙벙했고 점점 초조해졌다. 도대체 사람들이 왜 자신을 '말도 못 하게 약아빠진 사람'이라고 부르는 것일까?

주르댕 여인숙의 식탁에 앉자, 그는 그 사건을 다시 설명하기 시작했다. 몽티빌리에의 말 매매상이 그에게 소리쳤다.

"자, 자, 실리에 밝은 영감님, 그 끈 이야기는 다 알고 있소."

오슈코른느가 우물쭈물 말했다.

"그 지갑을 다시 찾지 않았소. 그 지갑 말이오."

그러나 상대방은 막무가내였다.

"잠자코 있어요, 영감. 주운 사람이 있고, 가져온 사람이 따로 있어요. 감쪽같이 처리되긴 했지만 말이오."

농부는 기가 막혔다. 마침내 그는 모든 걸 이해하게 되었다. 사람들은 그가 한패, 그러니까 공범을 시켜 지갑을 돌려주었다고 생각했던 것이다.

그는 그렇지 않다고 주장하고 싶었지만, 식탁에 앉아 있던 사람들이 모두 웃기 시작했다.

그는 점심 식사도 채 마치지 못하고, 비웃음을 받으며 그 자리를 떴다.

분노와 혼란으로 숨이 막힐 지경이 된 그는 분하고 창피해서 집으로 돌아왔다. 노르망디 사람의 교활함을 지니고 있는 그는 비난받을 짓을 했더라도, 그것이 훌륭한 책략인 양 허풍 떨 수 있었기 때문에 더욱더 망연자실하여 넋이 나가버렸다. 이미 그가 간교하게 일을 처리했다고 소문이 나버려 자신의 결백함을 증명해 보이기란, 확실치는 않으나 거의 불가능해 보였다. 그는 부당한 의혹 때문에 가슴이 저렸다.

그러자 그는 다시 그 사건에 관해 이야기하기 시작했다. 그는 날마다 이야기를 길게 늘어놓으면서, 매번 새로운 이유를 달아 더욱 적극적으로 자신의 입장을 항변했고 혼자 있는 동안 상상하면서 준비했던 것보다 더 엄숙한 맹세를 덧붙였다. 그의 정신은 오로지 그 끈 이야기에 몰두해 있었다. 그의 변명이 복잡해질수록, 그의 논증이 치밀해질수록 사람들은 그의 말을 더 믿지 않았다.

"거짓말쟁이는 늘 저렇게 해명하는 법이지"라고 사람들은 그의 등 뒤에서 쑥덕거렸다.

그는 그것을 느꼈고 몹시 괴로웠으며 부질없는 노력으로 지쳐버렸다.

그는 눈에 띄게 쇠약해졌다.

때때로 익살꾼들은 마치 전쟁터에서 돌아온 병사에

게 전투 이야기를 들려달라고 하듯이 재미로 그에게 '그 끈' 이야기를 들려달라고 했다. 마음속 깊은 곳까지 상처 입은 그는 점점 쇠약해졌다.

12월 말경 그는 병들어 자리에 누웠다.

그는 1월 초순에 죽었다. 임종의 고통 속에서도 헛소리를 하면서. 그는 다음과 같은 말을 되풀이하며 자신의 결백을 주장했다.

"짧은 끈…… 짧은 끈이었다고요. 자, 여기 그 끈이 있어요, 면장님."

목걸이

La parure

§

아름답고 매력적인 여자가 운명의 장난으로 평범한 하급 사무원 집안에서 태어나는 일이 있는데, 그녀도 그런 경우였다. 그녀에게는 지참금도, 물려받을 유산도 없었고, 부유하고 좋은 집안의 남자를 만나 이해와 사랑을 받으며 결혼할 재간도 없었다. 그래서 그녀는 별수 없이 교육부에 근무하는 한 하급 관리와 결혼했다.

그녀는 화려하게 치장할 형편이 못 되어 소박하게 지냈는데, 그 때문에 자신을 사회에서 실패한 사람인 양 불행하게 여겼다. 사실 여자들은 신분이나 혈통과 무관하게, 아름다움과 우아함 그리고 매력이 있으면 태생과 가문을 극복할 수 있는 법이다. 타고난 섬세함, 본능적인 우아함, 유연한 사고만이 그들을 가르는 유일한 등급이며, 그런 것들을 갖춘 여자라면 평범한 집안 출신이어도 지체 높은 귀부인과 동등할 수 있다.

그녀는 자신이 이 세상의 온갖 세련됨과 화려함을 누리기 위해 태어났다고 믿었기에 왜 요 모양 요 꼴로 사나 싶어 늘 괴로웠다. 초라한 집과 얼룩진 벽, 낡은 가구와 더러운 천을 견딜 수 없었다. 같은 처지의 다른 여자들이라면 무던했을 그 모든 것이 그녀를 고통스럽게 하고 화나게 했다. 집안일을 맡아 하는 브르타뉴 출신의 어린 하녀가 보잘것없는 가구에 윤을 내는 것을 볼 때마다 가슴 저미는 회한과 미칠 듯 충만했던 꿈이 되살아났다. 그녀는 동양에서 건너온 진귀한 직물로 벽이 장식되어 있고, 받침다리가 있는 키 큰 청동 촛대에 불이 밝혀져 있으며, 커다란 안락의자에는 짧은 바지 차림의 건장한 하인 두 명이 난로가 뿜어내는 열기에 노곤해져 몸을 파묻은 채 졸고 있는, 조용하기 이를 데 없는 대기실을 꿈꾸었다. 고풍스럽고 값비싼 비단이 드리워진 넓은 응접실엔 진귀한 골동품들이 고급 가구에 가득 진열되어 있으며, 향기롭고 아기자기한 작은 살롱은 절친한 친구들과 오후 5시의 담소를 즐기기에 제격인 공간이다. 모든 여자가 선망하며 관심을 갈구하는 사교계 인기남들이 찾아올 터였다.

저녁 식사 때 사흘째 빨지 않아 더러운 식탁보가 깔린 둥근 식탁 앞에 마주 앉은 남편이 수프 그릇 뚜껑을 열면서 "아! 맛있는 포토푀*군! 이보다 더 맛있는 건 세상에 없을 거야!" 하고 만족스러운 표정으로 소리칠 때면, 그녀는 화려하게 차려진 만찬, 번쩍거리는 은식기, 요정들이 사는 숲을 배경으로 고대의 인물이나 이국적인 새들이 수놓인 중세풍 장식 융단이 벽을 뒤덮은 연회장을 마음속으로 떠올렸다. 멋진 그릇에 담겨 나오는 진귀한 요리와 불그스름한 송어의 살, 들꿩의 날개 부위를 먹으면서 스핑크스처럼 신비로운 미소를 띤 채 속삭속삭 나누는 대화를 상상했다.

그녀에게는 좋은 옷이나 보석이라고 할 만한 것이 전혀 없었다. 그런데 좋아하는 것은 그런 것들뿐이었다. 자신은 그것들을 누리기 위해 이 세상에 태어난 사람이

* pot-au-feu. 고기와 채소를 푹 끓여 만든 프랑스의 스튜 요리.

라고 생각했다. 그녀는 사람들의 호감을 사고 선망의 대상이 되고 뭇 남성들의 마음을 들뜨게 하는, 인기 있는 여자가 정말로 되고 싶었다.

그녀에게는 부잣집 친구가 한 명 있었다. 수녀원의 기숙학교에서 함께 공부한 동창이지만, 지금으로선 만날 생각이 전혀 없었다. 만나고 돌아올 때마다 마음이 괴로웠기 때문이다. 슬픔과 후회, 절망과 비관으로 몇 날 며칠을 내리 울며 지낸 적도 있었다.

그러던 어느 날 저녁, 그녀의 남편이 손에 커다란 봉투를 하나 들고 흐뭇하고 뿌듯한 표정을 지으며 집에 돌아왔다.

그가 말했다.

"자, 당신한테 주는 선물이야."

그녀는 급히 봉투를 뜯고 그 속에서 초대장을 꺼냈다. 거기엔 다음과 같이 적혀 있었다.

"교육부 장관 조르주 랑포노 부부가 1월 18일 월요일 저녁 장관 관저에서 파티를 개최하오니 루아젤 부부께서는 부디 참석해주시기 바랍니다."

하지만 그녀는 남편의 기대와 달리 기뻐하기는커녕 오히려 그 초대장을 경멸하듯 식탁 위에 내던지며 중얼거렸다.

"이걸 나더러 어쩌라는 거예요?"

"아니 여보, 난 당신이 기뻐할 줄 알았는데. 외출다운 외출을 해본 적이 없으니 이번이 기회잖소, 참으로 좋은! 이 초대장을 얻느라고 내가 얼마나 애썼다고. 모두 서로 가지려는 통에 난리도 아니었소. 하급 직원들에겐 몇 장 돌아가지도 않았다오. 아무튼 그날 가면 고위 관리들을 전부 볼 수 있을 거요."

그녀는 짜증 섞인 눈으로 남편을 쳐다보더니 참을 수 없다는 듯 소리쳤다.

"대체 뭘 걸치고 가라는 거예요?"

남편은 거기까지는 생각을 못 했기에 말을 더듬거렸다.

"아니, 그 왜, 극장 갈 때 입는 옷 있잖소. 내 눈에는 참 좋아 보이던데……"

그 순간 그는 깜짝 놀라고 당황해서 말을 잇지 못했다. 아내가 울고 있었다. 굵은 눈물 두 방울이 그녀의 눈가에서 입가로 천천히 떨어졌다. 그는 어쩔 줄 모르고

쩔쩔매며 물었다.

"왜 그래? 왜 그러는 거요?"

그러자 그녀는 가까스로 마음을 진정한 뒤, 눈물로 젖은 뺨을 닦으며 차분한 목소리로 대답했다.

"아무것도 아니에요. 단지 입고 갈 옷이 없어서 그래요. 그러니 난 이 파티에 갈 수 없어요. 초대장은 나보다 더 잘 차려입고 갈 수 있는 부인에게 주세요."

마음이 아릿해진 남편이 다시 입을 열었다.

"여보, 마틸드. 적당한 옷 한 벌 맞추는 데 얼마나 들지? 다른 때에도 입을 수 있는, 그리 튀지 않는 옷으로 말이요."

그녀는 잠시 골똘히 생각해보았다. 얼마라고 해야 검소한 사무원 남편이 단박에 거절하지 않고, 놀라서 비명을 지르지 않을 금액일지 그 값을 따져보았다.

이윽고 그녀가 머뭇거리며 대답했다.

"정확히는 모르지만, 400프랑*이면 그럭저럭 가능하지 않을까 싶어요."

* 당시 루아젤처럼 교육부에 근무하는 하급 관리의 연봉은 1,800~2,400프랑 정도였다.

그의 얼굴이 조금 해쓱해졌다. 엽총을 사려고 꼭 그만한 돈을 모아두었기 때문이다. 돌아오는 여름에 일요일마다 종달새 사냥을 하는 친구 몇 명과 함께 낭테르 들판에서 사냥을 즐기려던 참이었다.

그가 속내를 숨기고 이렇게 말했다.

"좋소. 400프랑을 줄 테니 근사한 옷 한 벌 장만하도록 해요."

파티 날이 점점 가까워져 오고 있었다. 하지만 루아젤 부인의 얼굴은 슬픔과 걱정, 근심이 가득해 보였다. 옷은 이미 준비된 상태였다. 어느 날 저녁 남편이 물었다.

"무슨 일 있소? 며칠 전부터 당신 기분이 영 별로인 거 같던데."

그러자 그녀가 대답했다.

"뭐든 치장하긴 해야 하는데 아무것도 없잖아요. 보석은 고사하고 돌멩이 한 개도 없어요. 장신구라곤 하나도 없으니 딱할 노릇이죠. 얼마나 처량해 보여요. 차라리 파티에 안 가는 편이 낫겠어요."

남편이 다시 말했다.

"살아 있는 진짜 꽃을 달고 가면 어떨까. 요맘때는 그런 게 아주 멋져 보이던데. 10프랑만 주면 예쁜 장미꽃 두세 송이는 살 수 있을 거요."

그녀는 남편 말에 코웃음을 쳤다.

"싫어요…… 돈 많은 여자들 틈에서 궁색해 보이는 게 얼마나 창피한 줄 알아요?"

갑자기 남편이 좋은 생각이 난 듯 소리쳤다.

"당신도 참 바보야! 당신 친구 포레스티에 부인을 찾아가서 보석 좀 빌려달라고 해봐요. 그 정도 부탁쯤은 할 수 있지 않소."

그녀는 환호성을 질렀다.

"정말 그러네요. 왜 내가 진작 그 생각을 못 했을까."

다음 날 그녀는 친구를 찾아가 자신의 답답한 심정을 털어놓았다. 포레스티에 부인은 거울 달린 장롱 쪽으로 가더니 큰 상자를 하나 들고 와 열어 보이며 루아젤 부인에게 말했다.

"자, 골라봐."

그녀는 먼저 팔찌를 몇 개 보았다. 다음으로는 진주 목걸이, 이어서 금과 보석으로 기막히게 세공된 베네치

아산 십자가를 보았다. 그녀는 거울 앞에서 그것들을 몸에 대보며 우물쭈물 망설였다. 그러나 그것들을 다시 벗어놓거나 돌려주지도 못했다. 그러고는 이렇게 번번이 물었다.

"다른 건 더 없어?"

"있지, 왜 없어. 찾아봐. 어떤 게 네 마음에 들지 모르겠네."

바로 그 순간 검정 새틴 상자 안에 놓인 눈부신 다이아몬드 목걸이가 눈에 들어왔다. 그녀의 심장이 걷잡을 수 없이 뛰었다. 그것을 잡는 손이 바르르 떨렸다. 그녀는 그 목걸이를 자신의 로브 몽탕트* 위 목 언저리에 걸어보고는 거울에 비친 자기 모습에 매혹되었다.

이윽고 그녀는 불안한 눈빛으로 주저하며 물었다.

"이거 혹시 빌려줄 수 있니? 딴건 됐고 이걸로."

"그럼, 물론이지."

그녀는 친구의 목을 와락 끌어안고 격렬하게 입맞춤했다. 그러고는 그 소중한 보물을 들고 도망치듯 집으로

* robe montante. 여자의 평상 예복. 깃을 깊게 파지 아니하고 어깨나 가슴을 감추고 소매가 손목까지 내려온다. 목 위로 깃이 높게 올라와 있다.

돌아왔다.

드디어 파티 날이 되었다. 루아젤 부인은 큰 인기를 끌었다. 그녀는 누구보다도 아름답고 우아하고 매력적이었다. 온 얼굴에 미소를 머금고서 미칠 듯한 기쁨에 취했다. 모든 남자가 그녀를 바라보았고, 이름을 물어보며 소개받고 싶어 했다. 교육부의 모든 직원이 그녀와 춤추고 싶어 했다. 장관도 그녀를 눈여겨보았다.

그녀는 술에 취한 듯 넋을 놓고 춤을 추었다. 자신의 아름다움에 쏟아진 갈채와 성공이 가져다준 영광 속에서, 또한 온갖 찬사와 감탄과 뭇사람들의 시선 그리고 여자들의 마음을 한없이 감미롭고 완벽하게 채워주는 승리감으로 만들어진 그 어떤 행복의 구름 속에서, 기쁨에 도취되어 아무것도 생각할 수 없었다.

그녀는 새벽 4시쯤 연회장에서 나왔다. 남편은 이미 자정부터 다른 세 명의 신사들과 작은 응접실에서 졸고 있었다. 그러는 동안 부인들은 무척 유쾌한 시간을 보냈다.

남편은 돌아갈 때 입으려고 가져온 옷을 그녀의 어깨

에 걸쳐주었다. 평상시 입는 수수한 그 옷에서 묻어나는 초라함은 파티복의 우아함과는 어울리지 않았다. 그녀는 값비싼 모피로 몸을 감싼 다른 여자들의 눈에 띄지 않기 위해 황급히 도망치려 했다.

루아젤이 그녀를 붙들었다.

"잠깐만 기다려요. 이대로 밖에 나갔다간 감기 걸려요. 내가 마차를 불러오리다."

그러나 그녀는 남편의 말을 귓가에 흘리며 빠른 걸음으로 층계를 내려갔다. 거리에는 마차가 한 대도 눈에 띄지 않았다. 그들은 멀리 지나가는 마차를 큰 소리로 불러보았으나 별 소득이 없었다.

두 사람은 상심한 채 추위에 덜덜 떨면서 센강 쪽으로 걸어갔다. 그리고 드디어 강둑길에 세워진 작고 낡아 빠진 마차 한 대를 발견했다. 모양새가 너무 초라해서 낮에는 모습을 드러내기가 민망해서인지, 파리에서는 그런 마차들이 어둠이 깔리는 밤에만 운행되었다.

마차는 두 사람을 마르티르가에 있는 그들의 집 문 앞까지 데려다주었다. 그들은 서글픈 마음을 안고 층계를 올라 집으로 들어왔다. 그녀는 이제 다 끝났다고 생각했다. 이윽고 남편이 내일 오전 10시*까지 사무실에 출근해야 한다는 사실이 떠올랐다.

그녀는 거울 앞으로 가 어깨에 걸치고 있던 겉옷을 벗었다. 찬란했던 자신의 모습을 다시 한번 보고 싶었다. 그때 갑자기 그녀가 외마디 비명을 질렀다. 목에 걸고 있던 목걸이가 사라지고 없었다!

옷을 반쯤 벗은 남편이 물었다.

"무슨 일이오?"

그녀는 기겁하며 허둥지둥 남편을 돌아보았다.

"그…… 그게…… 포레스티에 부인의 목걸이가 없어졌어요."

남편도 소스라치게 놀라며 벌떡 일어섰다.

"뭐라고!…… 어떻게!…… 그럴 리가!"

그들은 파티복과 외투의 갈피, 주머니 속 등을 샅샅이 뒤졌지만, 목걸이는 그 어디에도 없었다.

남편이 물었다.

"연회장에서 나올 때 분명히 목에 걸고 있었소?"

* 현재 상황에서 보면 이상하지만, 그 당시 프랑스 공무원들은 대개 10시에 출근했다.

"그럼요, 관저 현관을 나올 때 만졌는걸요."

"하지만 길에서 잃어버렸다면 떨어지는 소리라도 났을 텐데. 마차에 떨어뜨린 것이 틀림없소."

"그래요, 그런 것 같아요. 당신 그 마차 번호 적어두었어요?"

"아니, 당신은? 당신은 번호 안 봐뒀소?"

"아니요."

그들은 망연자실해서 서로를 바라보았다. 이윽고 루아젤이 옷을 다시 입었다.

"우리가 걸어왔던 길을 되짚어가보리다. 혹시 목걸이를 발견할지도 모르니까."

그는 다시 밖으로 나갔다. 그녀는 잠자리에 들 기력도 없어 파티복을 입은 채, 온기 없는 방 안에 멍하니 주저앉아 있었다.

7시쯤 남편이 돌아왔다. 아무것도 찾지 못했다.

그는 경찰서로 가서 분실물 신고를 하고, 신문사에 가서 보상금을 내걸고 광고도 냈다. 소규모로 마차를 운행하는 회사에도 가보았다. 한 가닥 가능성이 있는 곳이라면 어디든 다 찾아가보았다.

그녀는 이 끔찍한 재난 앞에서 넋 나간 꼴로 온종일 남편을 기다렸다.

저녁때가 되어서야 루아젤이 퀭하게 꺼지고 해쓱해진 얼굴로 돌아왔다. 아무것도 찾지 못했다.

"당신 친구에게 목걸이 고리가 망가져 수선을 맡겼다고 편지를 써야겠소. 시간을 좀 벌 수 있을 거요."

그녀는 남편이 일러준 대로 편지를 썼다.

일주일이 지나고, 그들은 모든 희망을 잃었다.

며칠 새 5년은 더 늙어버린 루아젤이 말했다.

"똑같은 걸 구해서 돌려주는 수밖에 없겠어."

다음 날 부부는 보석이 들어 있던 빈 상자를 들고, 그 안에 적힌 상호의 보석상을 찾아갔다. 보석상은 장부를 찾아보더니 이렇게 말했다.

"부인, 그 목걸이는 저희가 판 것이 아닙니다. 상자만 제공해드린 것 같습니다."

두 사람은 똑같은 목걸이를 구하기 위해 기억을 더듬어가며 보석상을 찾아 돌아다녔다. 고통과 불안감에 병이 날 지경이었다.

드디어 두 사람은 팔레루아얄의 한 상점에서 찾고 있던 것과 똑같아 보이는 다이아몬드 목걸이를 발견했다. 값은 4만 프랑이었으나 3만 6,000프랑까지 깎아주겠다고 했다.

그들은 상점 주인에게 사흘 안으로 사러 올 테니 다른 사람에게 팔지 말라고 신신당부했다. 그리고 2월 말까지 잃어버린 목걸이를 다시 찾게 되면 3만 4,000프랑으로 되사준다는 약속도 받아냈다.

루아젤에게는 아버지한테서 물려받은 1만 8,000프랑의 유산이 있었다. 모자라는 돈은 빚으로 메꾸었다.

그는 이 사람에게 1,000프랑, 저 사람에게 500프랑, 여기서는 5루이,* 저기서는 3루이 하는 식으로 닥치는 대로 돈을 빌렸다. 차용증을 쓰고, 불리한 조건으로 저당을 잡히고, 고리대금업자는 물론 온갖 종류의 대부업자와도 거래를 텄다. 그는 돈을 마련하기 위해 여생을 위태롭게 만들었고, 갚을 수 있을지 어떨지도 모르면서 온갖

* louis. 프랑스 국왕 루이 13세의 초상이 새겨진 옛 금속 화폐. 프랑스의 법정 화폐인 프랑franc이 등장하면서 폐기되었으나, 19세기 당시 20프랑 정도의 가치를 지닌 화폐를 부를 때 이 용어를 사용했다.

서류에 마구잡이로 서명을 했다. 미래에 대한 불안과 머지않아 엄습해올 비참한 가난, 온갖 물질적 결핍과 정신적 고통에 관한 생각에 두려움을 느끼며 새 다이아몬드 목걸이를 사러 보석상에 갔다. 마침내 계산대 위에 3만 6,000프랑을 올려놓았다.

루아젤 부인이 목걸이를 돌려주러 갔을 때 포레스티에 부인은 언짢은 표정으로 말했다.

"좀더 일찍 갖다주지 않고. 쓸 일이 있으면 어쩌려고."

포레스티에 부인은 상자를 열어보지 않았다. 루아젤 부인은 친구가 상자를 열어볼까 봐 걱정이었다. 물건이 바뀐 것을 알아차리면 어떻게 생각할까? 뭐라고 말해야 하지? 나를 도둑으로 여기진 않을까?

루아젤 부인은 극빈한 생활이 얼마나 끔찍한지를 몸소 겪었다. 그뿐 아니라 그 즉시 용기 있게 결심했다. 저 무서운 빚부터 갚아야겠다고. 그녀는 빚을 갚고 말 것이다. 하녀를 내보냈다. 집도 옮겨 지붕 밑 다락방으로 세를 얻어 이사했다.

그녀는 집안일의 고된 노동, 지긋지긋하게 잡다한 부

억일을 직접 떠맡았다. 기름때 묻은 사기그릇과 냄비 바닥을 닦으며 설거지하느라 그녀의 장밋빛 손톱은 다 닳았다. 더러운 속옷과 셔츠, 걸레 등은 빨아서 줄에 널어 말렸다. 매일 아침 쓰레기를 들고 내려가 거리에 내놓았고, 층계참마다 멈춰 서서 숨을 고르며 물을 길어 올렸다. 하층민 아낙네와 다를 바 없는 옷차림을 하고 장바구니를 팔에 낀 채 과일가게와 식료품점, 푸줏간을 드나들며 보잘것없는 푼돈 한 푼이라도 악착같이 모으려고 욕을 먹어가며 값을 깎았다.

매달 어김없이 빌린 돈의 일부를 갚고, 모자란 액수는 차용증을 고쳐 쓰며 상환 기한을 연장해야 했다.

남편은 퇴근 후 저녁에 상인들의 장부를 정리해줬고, 밤에는 때로 장당 5수*씩 받고 서류를 베껴 써주기도 했다.

이런 생활이 10년이나 이어졌다.

10년이 지나서야 두 사람은 마침내 빚을 전부 갚았다. 고리대금 이자를 포함해서, 그동안 쌓인 이자에 대한 이

* 프랑스의 옛 화폐 단위. 1수는 5상팀이고, 100상팀은 1프랑이다.

자까지 완전히 청산했다.

루아젤 부인은 그새 폭석 늙었다. 억세고 투박하고 거친 여자, 가난한 아줌마가 되었다. 머리는 빗질을 제대로 하지 않아 부스스하고, 치마는 아무렇게나 걸쳤으며, 벌겋게 튼 손으로 목청 높여 지껄이면서 물로 텀벙대며 바닥 청소를 했다. 그러나 남편이 출근하고 없을 때면 이따금 창가에 앉아 그 옛날의 파티를 떠올리곤 했다. 그토록 아름답고 그토록 환대받았던 그날 밤의 무도회를.

그 목걸이를 잃어버리지 않았더라면 어땠을까? 누가 알랴? 누가 알 수 있겠는가! 인생이란 참 야릇하고 변화무쌍한 거야! 사소한 일 하나가 사람을 파멸로, 또 구원으로 이끌기도 하니 말이야!

어느 일요일, 그녀는 일주일 동안 쌓인 피로를 풀 겸 샹젤리제 거리로 나가 한 바퀴 거닐다가 어린아이를 데리고 산책하는 한 여인과 언뜻 스쳤다. 포레스티에 부인이었다. 그녀는 여전히 젊고 아름답고 매력적이었다.

루아젤 부인은 가슴에서 울컥하는 무언가를 느꼈다.

가서 말을 걸어볼까? 그래, 물론 그래야지. 이미 빚은 다 갚았으니 그녀에게 다 말해야지. 못 할 게 무어람?

그녀는 포레스티에 부인에게 다가갔다.

"잘 있었어, 잔?"

포레스티에 부인은 그녀를 전혀 알아보지 못했다. 이런 미천한 신분의 여자가 자신의 이름을 허물없이 부르는 것에 당황해서 말까지 더듬었다.

"저…… 부인…… 누구신지…… 사람 잘못 본 것 같아요."

"그럴 리가. 나 마틸드 루아젤이야."

친구가 그 순간 외마디 비명을 질렀다.

"오!…… 가엾은 마틸드, 많이 변했구나!"

"그래, 고생이 많았지. 못 본 사이에 말이야. 말할 수 없이 비참했지…… 그게 다 너 때문이었어!"

"나 때문이라니…… 그게 무슨 소리야?"

"기억하니? 그 다이아몬드 목걸이 말이야. 장관 관저에서 열린 파티에 가려고 네게서 빌렸던."

"응. 그런데 그게 왜?"

"그걸 내가 잃어버렸거든."

"뭐라고? 그때 내게 돌려줬잖아!"

"모양만 똑같은 다른 걸 돌려준 거야. 그 값을 치르느라 꼬박 10년이 걸렸어. 짐작하겠지만, 가진 것이라곤 없던 우리에게 그건 쉽지 않은 일이었어…… 하지만 이젠 다 끝났어. 마음이 이렇게 후련할 수가 없어."

포레스티에 부인이 발걸음을 멈추었다.

"그러니까 잃어버린 내 목걸이 대신 다른 다이아몬드 목걸이를 사 왔다, 이 말이야?"

"그래. 그러고 보니 아직 알아채지 못했구나? 하긴, 진짜 비슷한 거였으니까."

그녀는 자랑스러운 듯 순진한 미소를 지어 보였다.

포레스티에 부인은 감정이 북받쳐서 친구의 두 손을 꼭 잡아 쥐었다.

"오! 가엾은 마틸드! 내 건 가짜였어. 기껏해야 500프랑밖에 나가지 않는……"

고향으로 돌아오다

Le retour

§

얕은 파도가 잔잔히 밀려오고 또 밀려와 바닷가를 찰싹찰싹 쳤다. 작은 솜뭉치 같은 흰 구름이 흔들바람에 떠밀려 넓고 푸른 하늘을 새처럼 빠르게 지나갔다. 바다 쪽 경사진 작은 골짜기에 자리한 그 마을은 햇빛을 받아 따습고 포근했다.

마르탱-레베스크의 집은 그 마을 어귀 도로변에 외따로 떨어져 있었다. 진흙으로 벽을 바른 볼품없는 어부의 집이지만, 짚으로 이엉을 올린 지붕에는 파란 붓꽃이 피어 있었다. 집 앞의 네모나고 손바닥만 한 마당에는 양파, 양배추, 파슬리 같은 채소들이 줄줄이 심겨 있었다. 길을 따라 둘러져 있는 산울타리가 이 마당의 경계가 되어줬다.

남편은 고기잡이하러 나갔고, 아내는 집 앞에서 거대한 거미줄 같은 갈색 어망을 벽에 걸어놓고 그물코를 고치고 있다. 뜰에 있는 화단 앞에는 열네 살 된 여자아이 하나가 밀짚 의자에 앉아 문에 등을 기대고 윗몸은 뒤로 젖힌 채 낡아 빠진 속옷을 기운다. 벌써 여러 번 헝겊을 덧대 기운 속옷들이다. 그보다 한 살 아래의 또 다른 여자아이는 아직 손발을 옴지락대거나 옹알거리지도 못하는 갓난아기를 팔에 안고 어르고 있다. 두세 살 난 어린애 둘도 땅바닥에 마주 보고 앉아 서툰 손짓으로 흙장난을 치면서 이따금 서로의 얼굴에 흙덩이를 던지며 놀았다.

아무도 말이 없었다. 여자아이가 어르고 있는 갓난아기만 앙칼지고 가냘픈 목소리로 계속 칭얼거렸다. 고양이 한 마리가 창턱에 걸터앉아 졸고 있고, 담장 밑에 활짝 피어 멋들어진 한 무더기의 흰 꽃무 위로 파리 떼가 붕붕거렸다. 마당 앞에서 속옷을 깁고 있던 여자아이가 갑자기 큰 소리로 외쳤다.

"엄마!"

어머니가 대답했다.

"왜 그래?"

"그 사람이 또 왔어요."

어머니와 아이들은 아침부터 불안해하던 참이다. 한 남자가 집 주변을 서성거렸기 때문이다. 행색이 초라해 보이는 늙은 남자였다. 그들은 고기잡이 나가는 아버지를 배웅하러 갔다가 그 남자를 처음 보았다. 그는 집 대문 맞은편의 개울가에 앉아 있었다. 바닷가에서 돌아오는 길에도 여전히 같은 자리에 앉아 집을 바라다보고 있었다.

병든 기색이 완연했고 매우 불쌍해 보였다. 거의 한 시간 넘게 그곳에서 꼼짝하지 않고 있던 남자는 자신이 수상한 사람으로 비친다는 것을 알아차리자, 자리에서 일어나 무거운 다리를 끌며 그곳을 떠났다.

그러나 얼마 지나지 않아 그는 다시 피로에 지친 걸음걸이로 느릿느릿 걸어 돌아왔다. 이번에는 가족의 동정을 살피려는 듯 맞은편 길가, 그러나 조금 떨어진 곳에 자리를 잡고 앉았다.

어머니와 딸들은 점점 무서워지기 시작했다. 특히 어

머니가 불안해서 가슴이 붙죄는 듯했다. 원래 겁이 많은 데다 남편 레베스크는 밤이 되어서야 바다에서 돌아올 것이기 때문이다.

남편의 이름은 레베스크였고 그녀는 마르탱이라는 이름으로 불려서, 사람들은 그들 부부를 마르탱-레베스크라고 불렀다. 거기에는 나름의 사연이 있는데, 그녀의 첫 남편이 바로 마르탱이라는 이름의 뱃사람이었다. 그는 매해 여름이면 뉴펀들랜드로 대구잡이를 나갔다.

결혼하고 2년이 지났을 즈음, 남편 마르탱을 태우고 디에프에서 출항한 세 돛대 범선 '되쇠르호'는 영영 돌아오지 않았다. 둘 사이엔 딸아이가 하나 있었고 배 속에는 6개월에 접어든 생명이 있었다.

실종된 배에 대해서는 아무 소식도 들려오지 않았다. 배에 탔던 선원 중에서 살아 돌아온 사람도 없었다. 그래서 사람들은 그 배가 완전히 바닷속으로 가라앉아버렸을 거라고 짐작했다.

마르탱 부인은 10년 동안이나 모진 고생을 다 해 두 아이를 키우며 남편을 기다렸다. 그 마을 어부인 레베스크는 착한 성품에 억척같이 생활을 꾸려가는 그녀를 눈여겨보았고 그녀에게 청혼했다. 레베스크는 아들 하나가 딸린 홀아비였다. 마르탱 부인은 그와 결혼했고, 3년 사이에 아이 둘을 더 낳았다.

두 사람은 어려운 여건 속에서도 열심히 살았다. 그들 가족에게 빵은 비쌌고, 고기는 구경조차 할 수 없는 귀한 음식이었다. 바람이 몇 달이고 세차게 불어 배를 못 띄우는 겨울에는 빵집에 외상을 지는 경우도 종종 있었다. 그래도 아이들은 건강하게 잘 자랐다. 동네 사람들은 이렇게 말하곤 했다.

"마르탱-레베스크 부부는 대단한 사람들이야. 마르탱은 어지간한 고생에는 끄떡도 하지 않고, 레베스크는 고기잡이에서 둘째가라면 서러울 만큼 최고니까 말이야."

문 앞에 앉아 있던 딸아이가 다시 말을 이었다.

"우릴 아는 사람인가 봐요. 에프르빌이나 오즈보스크에서 온 가난뱅이 같아요."

하지만 어머니의 생각은 달랐다. 아니다, 이 지방 사람이 아닌 게 분명해!

그 남자가 울타리의 말뚝과 말뚝 사이만 오갈 뿐 자신

의 집에서 눈을 떼지 않고 있자, 마르탱 부인은 화가 치밀어 올랐다. 두려움이 오히려 그녀를 용감하게 만들었다. 그녀는 삽을 집어 들고 문밖으로 나갔다.

"이봐요, 거기서 뭘 하는 거예요?"

그녀가 부랑자에게 소리쳤다.

쉰 듯한 껄껄한 목소리로 부랑자가 말했다.

"시원한 바람 좀 쐬고 있소. 그게 뭐 잘못이오?"

그녀가 다시 말했다.

"대체 뭐 때문에 우리 집을 기웃기웃 들여다보는 거죠?"

남자가 대꾸했다.

"난 누구한테 해코지한 적 없소. 길가에 앉아 있는 것도 허락을 받아야 하오?"

그녀는 뭐라 대꾸할 말이 없어 다시 집으로 들어갔다.

그날 낮은 시간도 지루하게 흘렀다. 정오쯤 되자 남자는 어디론가 자취를 감췄다. 그러나 5시쯤 되어 또 나타나더니 저녁에는 보이질 않았다.

레베스크는 날이 어둑해져서야 돌아왔다. 가족들에게 자초지종을 들은 그가 결론 내렸다.

"좀 이상한 사람이거나 심술궂은 사람일 테지."

그러고는 태평하게 잠이 들었다. 하지만 아내는 기이한 눈빛으로 자신을 바라보던 그 부랑자가 머리에서 도무지 떠나지 않았다.

날이 밝았다. 그날은 바람이 몹시 세찼다. 바다에 나가는 게 무리라고 판단한 레베스크는 아내가 그물 고치는 것을 도왔다.

9시쯤, 빵을 사러 갔던 큰딸이 얼굴이 하얗게 질려서 뛰어 들어오더니 소리쳤다.

"엄마, 그 사람 또 왔어요!"

어머니는 심장이 두근거렸다. 그녀는 핏기 없는 창백한 얼굴로 남편에게 말했다.

"레베스크, 가서 한마디 해요. 남의 집을 그렇게 염탐하지 말라고. 그쪽이라면 불안해서 어디 살겠냐고요."

레베스크는 구릿빛 얼굴에 붉은 수염이 덥수룩하고, 파란 눈에는 까만 동공이 번득거리며, 억세 보이는 목과 건장한 체격을 지닌 뱃사람이었다. 그는 아내의 말을 듣더니 바다의 비바람을 막기 위해 늘 입는 양모를 두르고 조용히 밖으로 나가 부랑자에게 다가갔다.

그들은 서로 이야기를 나누기 시작했다.

아내와 아이들은 멀찍이 떨어져 불안하고 초초한 눈빛으로 그들을 바라보았다.

그런데 갑자기 그 낯선 남자가 일어서더니 레베스크와 함께 집 쪽으로 걸어왔다.

마르탱 부인은 겁에 질려 주춤주춤 뒤로 물러섰다. 남편이 그녀에게 말했다.

“이 사람에게 빵 한 덩이와 사과주 한잔 줘요. 그제부터 아무것도 먹지 못했다는군.”

두 사람은 집 안으로 들어갔다. 아내와 아이들도 뒤따라 걸음을 옮겼다. 부랑자는 자리를 잡고 앉아 모두가 지켜보는 가운데서 고개를 숙이고 음식을 먹기 시작했다.

마르탱 부인은 선 채로 사내의 얼굴을 뚫어지게 쳐다보았다. 큰딸과 갓난아기를 안고 있던 둘째 딸은 문간에 몸을 기댄 채 의심 가득한 눈으로 그 광경을 지켜보았다. 벽난로의 식은 재 위에 퍼질러 앉아 시커멓게 그을린 냄비를 갖고 놀던 어린 두 아이도 하던 일을 멈추고 낯선 사람을 살폈다.

레베스크는 의자에 앉으며 그 사내에게 물었다.

"어디 멀리서 왔소?"

"세트에서 왔소."

"걸어서?"

"별수 없었다오."

"그래, 어디로 가는 길이오?"

"여기가 목적지요."

"여기 아는 사람이라도 있소?"

"그럴지도 모르지."

두 사람 사이에 침묵이 흘렀다. 사내는 몹시 굶주렸을 텐데도, 빵 한입 먹고 사과주 한 모금 마시는 식으로 천천히 음식을 먹었다. 상할 대로 상한 그의 얼굴은 주름투성이였고 군데군데 홀쭉하게 팬 모습이 고생을 무척 많이 한 것 같았다.

레베스크가 갑자기 물었다.

"당신 이름이 뭐요?"

그는 고개를 숙인 채 대답했다.

"마르탱이라 하오."

그 순간, 알 수 없는 전율이 마르탱 부인의 몸을 휘감았다. 그녀는 그 부랑자를 좀더 살피기라도 하려는 듯이 한 걸음 다가섰다. 팔을 축 늘어뜨린 채 멍한 표정으로 그 남자 앞에 섰다. 모두 입을 다물고 한마디도 하지 않았다. 이윽고 레베스크가 다시 물었다.

"이곳 사람이오?"

"그렇소."

마침내 남자가 고개를 들었다. 그의 눈과 그녀의 눈이 서로 마주쳤다. 두 사람의 시선이 맞닿자 한동안 뒤얽힌 채로 꼼짝도 하지 않았다.

별안간 그녀가 조금 전과는 다른, 낮고 떨리는 목소리로 말을 꺼냈다.

"당신이네요!"

그가 또박또박 끊어서 천천히 말했다.

"그렇소, 나요."

그는 그 자리에서 움직이지 않았다. 계속해서 빵만 씹었다.

레베스크는 놀란 것을 넘어 충격을 받아 말을 더듬기까지 했다.

"당신이 마르탱?"

상대가 간단히 대답했다.

"그렇소, 나요."

두번째 남편이 다시 물었다.

"그래, 도대체 어디서 오는 길이오?"

첫번째 남편이 자초지종을 털어놓았다.

"아프리카 해안에서 오는 길이오. 배가 암초에 부딪혀 침몰하고 말았소. 피카르, 바티넬 그리고 나, 이렇게 세 사람만 겨우 살아남았지. 우리는 그곳 원주민들에게 붙잡혀 12년 동안 갖은 고초를 겪었다오. 피카르와 바티넬은 그곳에서 죽고, 나는 지나가던 영국인 여행자에게 구조되어 세트까지 오게 되었소. 그래서 이렇게 돌아오게 된 거요."

마르탱 부인이 앞치마에 얼굴을 파묻고 울기 시작했다.

레베스크가 말을 꺼냈다.

"이제 난 어떻게 해야 하지요?"

마르탱이 물었다.

"당신이 저 여자의 남편이오?"

레베스크가 대답했다.

"그렇소."

두 사람은 서로 얼굴만 쳐다볼 뿐 아무 말도 하지 못했다.

그러다가 마르탱이 자신을 둘러싼 아이들을 바라보더니, 두 여자아이를 고갯짓으로 가리키며 물었다.

"저 아이들이 내 딸이오?"

레베스크가 대답했다.

"그래요. 당신 딸들이오."

마르탱은 자리에서 일어나지도, 딸들에게 입을 맞추지도 않았다. 단지 이렇게만 말했다.

"그새 많이 컸구나!"

레베스크가 재차 물었다.

"이제 어떻게 해야 하지요?"

마르탱도 난감하여 어찌할 바를 몰랐다. 마침내 그가 이렇게 결정을 내렸다.

"당신 뜻대로 하겠소. 당신에게 해를 끼치고 싶은 생각은 없소. 어쨌든 이러지도 저러지도 못 하는 형편인 것은 맞으니까. 내 아이가 둘이고, 당신 아이가 셋, 우리 두 사람 다 자식이 있는 셈이오. 그럼 아내는 당신과 살아야 할까, 아니면 나와 살아야 할까? 그건 당신 결정에 따르겠소. 하지만 이 집은 아버지가 물려준 것이고 내가 태어난 곳이며, 공증인의 문서에도 그렇게 적혀 있을 테니 내가 가져야 할 듯싶소."

마르탱 부인은 여전히 울고 있었다. 푸른 앞치마에 얼굴을 파묻고 목멘 소리로. 두 딸이 다가와 염려스러운 표정으로 자신들의 친아버지를 바라보았다.

마르탱이 식사를 마쳤다. 이번에는 그가 말했다.

"이제 난 어떻게 해야 한단 말이오?"

레베스크가 좋은 생각이 떠올랐다며 말했다.

"신부님께 여쭤봅시다. 그분이라면 좋은 결정을 내려주실 겁니다."

마르탱이 자리에서 일어나 아내 쪽으로 다가갔다. 그녀는 훌쩍거리며 그의 품에 안겼다.

"여보, 당신이 왔군요! 마르탱, 불쌍한 마르탱, 당신이 돌아왔어요!"

그녀는 양팔로 그를 꼭 끌어안았다. 지난 20년의 세월과 첫 포옹의 추억이 한꺼번에 얽히며 복받쳐 올라 마음을 주체할 수가 없었다.

마르탱도 복받치는 감정을 추스를 수 없어 그녀의 머

릿수건에 입을 맞췄다. 벽난로에서 놀고 있던 두 아이는 엄마가 울자 덩달아 울어대기 시작했다. 마르탱의 둘째 딸이 안고 있던 갓난아기도 망가진 피리처럼 빼빼 울어 댔다.

먼저 일어서서 기다리고 있던 레베스크가 말했다.

"자, 가서 엉킨 실타래를 풉시다."

마르탱도 아내를 품에서 놓아주었다. 그가 자신의 두 딸을 바라보자 어머니가 딸들에게 말했다.

"아빠에게 입맞춤해드리렴."

딸들이 동시에 아버지에게 다가갔다. 눈물을 흘리거나 하지는 않았다. 놀라고 약간은 불안한 모습이었다. 마르탱은 차례로 두 딸의 뺨에 촌사람 방식대로 거칠고 가볍게 입을 맞추었다. 갓난아기는 낯선 사람이 다가오자 경기 들린 듯 자지러지게 울어댔다.

이윽고 두 남자는 함께 밖으로 나갔다.

코메르스 카페 앞을 지날 때 레베스크가 제안했다.

"난 여기서 독주 한잔하곤 하는데, 어떻소?"

"나야 물론 좋소."

마르탱이 대답했다.

두 남자는 안으로 들어가 자리를 잡고 앉았다. 홀 안은 아직 손님이 없어 텅 비어 있었다. 레베스크가 외쳤다.

"어이, 시코! 여기 독한 브랜디 두 잔 주게. 좋은 걸로. 마르탱이 돌아왔거든. 내 아내의 남편 말이야. 자네도 알지, 되쇠르호를 타고 나가 행방불명된 그 마르탱 말일세."

그러자 불콰한 얼굴에 배가 나오고 뚱뚱한 몸집의 주인이 한 손에 술 석 잔을 들고, 다른 한 손엔 술병을 든 채 두 사람 쪽으로 다가왔다. 그리고 태연스럽게 물었다.

"그럼 이제 마르탱이 돌아온 건가?"

마르탱이 대답했다.

"그래, 이제야 돌아왔네……"

비곗덩어리

Boule de suif

§

퇴각하는 패잔병들이 며칠 동안 계속 도시를 지나갔다. 그들은 이미 군대가 아니라 떨거지 무리에 가까웠다. 꾀죄죄하고 덥수룩한 수염에 누더기가 된 군복을 걸친 남자들이 깃발도 대오도 없이 제멋대로 무리 지어 지나갔다. 모두 쇠약해지고 기진맥진하여 생각을 하거나 각오를 다질 기력도 없어 보였다. 그저 기계적으로 발걸음을 옮기고, 그러다 멈추기라도 하면 이내 피곤에 지쳐 쓰러졌다. 특히 동원병들이 눈에 띄었다. 태평하게 살며 꼬박꼬박 나오는 연금으로 편안하게 지냈던 이들은 소총 무게에 허리가 구부정하게 휘어 있었다. 몸놀림이 잽싼 젊은 기동대원들도 보였다. 그들은 쉽게 겁먹

다가도 순식간에 사기를 회복하여 한시라도 치고 빠지는 데 익숙하다. 그들 가운데에는 대규모 전투에서 궤멸한 사단의 패잔병인 붉은 바지 차림의 병사들도 몇몇 있었다. 표정이 어두운 포병들이 이런 다양한 보병들과 대열을 이루어 지나가고, 가끔 번쩍거리는 철모를 쓴 용기병龍騎兵이 가벼운 발걸음으로 앞서가는 전열보병 대원들을 천근만근 무거운 발걸음으로 힘겹게 따라가기도 했다.

'패전의 설욕자' '결사 항전 시민' '죽음을 함께할 자' 등 영웅적인 구호를 앞세운 의용군 부대가 도적 떼와 다름없는 모습을 하고 지나가기도 했다.

그들의 지휘관들은 이전에 포목상이나 곡물상, 기름 장수 혹은 비누 장수를 하다 임시방편으로 차출되어, 각자 가진 돈의 액수나 콧수염의 길이에 따라 장교에 임명된 사람들이었다. 그들은 무기와 플란넬과 견장에 뒤덮여 쩌렁쩌렁한 소리로 호령하고, 작전 계획을 논하며, 다 죽어가는 프랑스의 운명을 허풍스러운 자신들의 어깨로 지탱하고 있는 것처럼 큰소리쳤다. 하지만 그들은 때때로 자기에게 딸린 병사들을 두려워하기도 했다. 지나치게 용감하여 약탈을 일삼고 난동을 부리기도 하는 흉악무도한 자들이 더러 있었기 때문이다.

프로이센군이 이내 루앙으로 밀고 들어올 것이라는 소문이 널리 퍼졌다.

두 달 전부터 국민병은 인근 숲속에서 매우 조심스럽게 정찰 임무를 펼쳤다. 가끔 아군 보초에게 총을 발사하고 덤불 밑에서 꼼지락거리는 토끼 새끼를 적으로 오인해서 전투태세를 갖추기도 했지만, 이제는 모두 집으로 돌아갔다. 반경 3리외* 안의 국도변을 공포에 떨게 했던 무기와 제복 그리고 일체의 살상 도구도 갑자기 자취를 감추었다.

마지막 프랑스군 무리까지 얼마 전에 드디어 센강을 건넜다. 생스베르와 부르아샤르를 거쳐 퐁토드메르로 가기 위해서였다. 사령관은 두 명의 부관을 양쪽에 대동하여 맨 뒤에서 걷고 있었다. 그는 이 오합지졸들과 아무것도 할 수 없어 절망했고, 늘 승리에 익숙해 있다가 처참하게 패배를 당하자 전설적인 용맹에도 불구하고 마음이 참담해져 그야말로 제정신이 아니었다.

* lieue. 예전의 프랑스 거리의 단위(약 4킬로미터).

그리고 깊은 적막과 공포스럽고 조용한 기다림이 도시를 감돌고 있었다. 장사로 돈을 벌어 숫기가 거세된 배불뚝이 부르주아들은 점령군을 초조하게 기다리면서, 혹시 고기 굽는 쇠꼬챙이나 부엌칼이 무기로 비치지는 않을까 내심 불안해했다.

삶이 멈춰버린 듯했다. 상점들은 문을 닫고 거리는 괴괴하기 짝이 없었다. 가끔 적막에 겁먹은 주민이 벽을 따라 급하게 뛰어가곤 했다.

기다림의 고통이 너무 커 차라리 적이 어서 왔으면 하는 심정이었다.

프랑스군 부대가 떠난 다음 날 오후, 어디에서 왔는지 모르지만 몇몇 프로이센 창기병이 잽싸게 도시를 가로질렀다. 그리고 얼마 후, 생트카트린 언덕 쪽에서 검은 옷을 입은 무리가 내려왔다. 동시에 다른 두 무리가 다르네탈과 부아기욤 쪽 길에서 나타나 물밀 듯이 몰려왔다. 이 세 부대의 전위대는 같은 시각 시청 앞 광장에서 합류했다. 그리고 주변의 모든 도로를 따라 프로이센군이 속속 도착했다. 절도 있게 박자에 맞춰 길바닥에 둔탁한 군화 소리를 울리며.

거칠고 투박한 구령 소리가 죽은 듯이 고요한 주택가를 따라 울려 퍼졌고, 사람들은 굳게 닫힌 덧창의 틈 사이로 '전쟁의 권리'에 따라 패전한 나라의 도시와 재산 그리고 생명을 마음대로 행사할 수 있게 된 이 의기양양한 사람들의 동태를 살피고 있었다. 주민들은 덧창을 달아 어둠침침한 방 안에서 그 어떤 지혜와 힘도 소용이 없는, 천재지변이나 치명적인 대혼란 때와 같은 공포에 사로잡혀 있었다. 이런 분위기는 사물의 기존 질서가 뒤집히고 더는 안전을 기대할 수 없을 때, 인간의 법이든 자연의 법이든 법의 보호를 받던 모든 것이 무분별하고 무자비한 폭력의 손아귀로 굴러떨어질 때 으레 나타나기 마련이다. 집이 무너져 내려 도시의 주민 전체가 파묻히고 마는 지진, 죽은 소들과 지붕에서 뽑혀 나온 들보와 농부들을 함께 휩쓸어가는 홍수, 저항하는 사람들을 학살하고 남은 사람들은 포로로 끌고 가면서 무력을 휘둘러 재물을 약탈하고 대포 소리에 맞춰 신에게 감사인사를 올리는 영광스러운 군대, 이런 것들은 모두 끔찍한 재앙 같은 것으로 영원한 정의에 대한 믿음, 우리가 익히 배워온 하늘의 가호 그리고 인간 이성에 대한 신뢰

일체를 좌절시킨다.

집집마다 분견대가 와서 대문을 두드렸고, 이내 집 안으로 사라졌다. 침략 다음은 점령이다. 패자들이 승자에게 상냥한 태도를 보여야 하는 의무가 시작된 것이다.

얼마 지나자, 처음의 공포가 사라지고 새로운 고요가 찾아왔다. 집에서 프로이센 장교와 함께 식사하는 일이 점점 잦아졌다. 개중에는 반듯이 자란 사람도 있어 예의상 프랑스를 동정하고, 전쟁에 가담해서 내키지 않는다는 심정을 말하기도 했다. 사람들은 그런 태도에 감사를 표했다. 조만간 그의 도움이 필요할지도 몰랐다. 그를 잘 구슬리면, 숙식을 떠맡아야 하는 군인 몇 명을 덜 받게 될지도 몰랐다. 게다가 자신의 목숨을 죽이고 살릴 수 있는 권한을 가진 사람의 마음을 무엇 때문에 상하게 하겠는가? 그런 행동은 용기가 아니라 만용일 뿐이다. 한때 그들의 도시가 이름을 날리며 영웅적으로 방어를 하던 시절도 있었지만, 이제 루앙의 부르주아들은 더 이상 만용을 부리지 않는다. 사람들은 프랑스식 세련된 처세법이라고 할 만한 최고의 논리를 만들어냈다. 외국 군인에게 공개적으로 친밀함을 표하지 않는 이상, 집 안에서는 정중하게 예의를 차려도 괜찮다는. 그리하여 사람들은 밖에서는 서로 알은체하지 않았지만, 집에서는 기꺼이 이런저런 이야기를 나누었다. 프로이센 군인들이 매일 저녁 주민들과 어울려 벽난로 앞에서 불을 쬐며 보내는 시간이 점점 길어졌다.

도시도 차츰 평상시의 모습을 되찾았다. 프랑스인들은 여전히 집 밖으로 나오기를 꺼렸지만, 프로이센 군인들이 길거리에 우글거렸다. 게다가 푸른 제복을 입은 경기병 장교들은 포석鋪石이 박힌 도로 위로 허리에 찬 그 기다란 살상 도구를 보란 듯이 끌며 다니기는 해도, 그 전해에 같은 카페에서 술을 마시던 프랑스 보병 장교들에 비해 일반 시민을 더 얕잡아 보는 것 같지도 않았다.

하지만 대기 속에는 미묘하고 알 수 없는 무언가가 떠돌았다. 참을 수 없이 낯선 분위기의 산란한 냄새 같은 것이 도시에서 풍겨 나왔다. 바로 침략의 냄새였다. 그 냄새는 집과 광장을 채우고 음식의 맛을 바꾸었으며, 저 멀리 위험한 야만족의 땅에 와 있다는 인상을 주었다.

점령군은 돈을, 아주 많은 돈을 요구했고 주민들은 매번 그 돈을 갖다 바쳤다. 그럴 만큼 돈이 많기는 했다.

하지만 노르망디 상인들은 재산이 늘면 늘수록 작은 손실이라도, 재산의 일부라도 다른 사람 손에 넘어가는 것을 참지 못한다.

도시에서 2, 3리외쯤 강물을 따라 크루아세, 디에프달 혹은 비에사르 부근으로 내려가면, 뱃사공이나 어부들이 물속에서 프로이센군 시체를 건져 올리는 모습이 종종 보였다. 칼에 찔렸거나 심한 발길질로 죽었거나 돌에 맞아 머리가 깨졌거나 다리 위에서 떠밀려 물속에 처박혀 죽은 이들 군인들의 시체는 군복 안에서 퉁퉁 불어 있었다. 강바닥의 진흙 속에는 이런 야만적이지만 정당한 복수, 이름 없는 사람들의 영웅주의, 백주의 전투보다 위험하지만 영광의 울림은 없는 무언의 공격이 파묻혀 있었다.

이방인에 대한 증오. 이는 어떤 사상을 위해 기꺼이 목숨을 바칠 각오가 되어 있는 몇몇 용감한 사람들에게 언제나 무기가 되기 마련이다.

침략자들은 가차 없는 규율로 도시를 얽매려고 했다. 하지만 그들이 파죽지세로 진군해오는 동안 저질렀다고 알려진 잔혹 행위는, 소문이 무색하리만치 이 도시에서는 전혀 일어나지 않았다. 그러자 사람들은 대담해졌다. 이 지방 상인들의 마음속에 장사에 대한 욕구가 또다시 생겨난 것이다. 그 가운데 몇몇은 프랑스군이 점령하고 있는 르아브르에서 큰 이권이 걸린 사업에 관여하고 있었기에 육로로 디에프까지 간 다음 거기서 배를 타고 그 항구도시에 가려고 했다.

사람들은 그사이 쌓은 프로이센 장교들과의 친분을 이용해 총사령관에게서 여행 허가를 받아냈다.

말 네 필이 끄는 커다란 승합마차가 이 여행을 위해 예약되었고, 열 사람이 마차 회사에 등록 신청을 마쳤다. 화요일 아침, 해 뜨기 전에 출발하기로 정해졌다. 사람들이 몰려드는 것을 피하기 위해서였다.

얼마 전부터 땅이 꽁꽁 얼어붙었고, 월요일 오후 3시 무렵부터 북쪽에서 먹구름이 눈을 몰고 와 저녁 내내 그리고 밤새 눈을 뿌렸다.

새벽 4시 반, 여행자들은 승합마차 탑승 장소인 노르망디 호텔 안마당에 모였다.

사람들은 아직도 잠이 덜 깬 상태였고, 외투를 입고도 덜덜 떨었다. 어두워서 서로 잘 보이진 않지만, 두꺼운 겨울옷을 껴입어 하나같이 미사 예복을 입은 비만증 걸린 사제를 연상시켰다. 그들 중 두 남자가 서로를 알아보았고, 이어서 세번째 남자가 그들에게 다가가 말을 주고받았다. "저는 아내를 데리고 갑니다." 한 남자가 말했다. "저도 그렇습니다." "저도요." 첫번째 남자가 덧붙였다. "우린 루앙으로 돌아오지 않을 겁니다. 프로이센군이 르아브르로 접근하면 영국으로 건너갈 거요." 모두 비슷한 처지다 보니 계획이 같았다.

그런데 아직 마차에 말이 매여 있지 않았다. 이따금 마구간 일꾼이 든 작은 램프가 어두운 문에서 나와 다른 쪽 문으로 재빨리 사라졌다. 말이 바닥에 깔린 건초를 발로 차는 소리가 둔탁하게 들렸다. 말을 보고 뭐라 악다구니 하는 남자 목소리도 건물 안쪽에서 들려왔다. 가벼운 방울 소리가 중얼거리듯 들리는 것으로 보아 마구를 매만지는 모양이었다. 그 소리는 말의 움직임에 따라 규칙적으로 울리며 한층 분명하고 연속적인 소리로 변했다. 그리고 잠깐씩 멈추었다가, 편자를 박은 말굽으로 바닥을 치는 둔탁한 소리와 함께 갑작스럽게 다시 들려왔다.

별안간 문이 닫히고 모든 소리가 멈췄다. 추위에 몸이

얼어붙은 사람들은 이미 입을 다문 지 오래였다. 그들은 꼼짝도 하지 않고 뻣뻣한 상태로 가만히 있었다.

끊임없이 땅으로 떨어지며 쉬지 않고 반짝거리는 눈송이로 사방은 온통 흰 장막을 친 듯했다. 그것은 만물의 흔적을 지우고 그 위에 얼음으로 된 거품을 흩뿌렸다. 겨울 속에 파묻힌 고요한 도시의 적막강산에 형언할 수 없는 모습으로 흔들리며 눈이 내렸고, 들려오는 소리라곤 나직하게 바스락거리는 소리뿐이었다. 그것은 소리라기보다 느낌이었다. 온 천지를 채우고 세상을 뒤덮는 듯한, 가벼운 원자原子들의 뒤섞임 같은 것이었다.

램프를 든 남자가 고삐 끝으로 말을 몰고 다시 나타났다. 고삐에 매인 말은 기분이 언짢은 듯 선뜻 나서지 않았다. 남자는 말을 마차 축에 맞추어 세워놓고 줄을 묶은 다음, 오랫동안 주위를 돌면서 마구가 제대로 채워졌는지 확인했다. 한 손에 램프를 들었기 때문에 나머지 한 손을 쓸 수밖에 없었다. 두번째 말을 데리러 가면서 손님들이 흰 눈을 뒤집어쓴 채 꼼짝하지 않고 있는 것을 발견하고 이렇게 말했다. “왜 마차에 오르지 않습니까? 적어도 눈은 피할 수 있을 텐데요!”

그들은 미처 그 생각을 하지 못했던 게 분명했다. 모두 서둘러 마차에 올랐다. 아까 말한 세 남자는 아내들을 안쪽에 앉게 한 다음, 뒤따라 마차에 올라탔다. 누군지 알아볼 수 없는 흐릿한 형체의 사람들도 말없이 나머지 자리에 차례로 앉았다.

마차 바닥에 밀짚이 깔려 있어서 사람들은 그 속에 발을 묻었다. 안쪽에 앉은 부인들은 가공 석탄을 사용하는 작은 구리 화로를 꺼내 불을 지폈다. 그리고 한동안 낮은 목소리로 이 화로의 편리한 점을 늘어놓았다. 이미 오래전부터 다들 알고 있던 것의 되풀이였다.

마침내 승합마차에 말이 다 매였다. 네 필이 아니라 여섯 필이었는데, 날씨 탓에 평상시보다 운행이 더 힘들 것을 대비한 조치였다. 마차 밖에서 묻는 소리가 들렸다. “모두 타셨소?” 그러자 마차 안에서 누군가가 대답했다. “네.” 그들은 출발했다.

마차는 천천히, 천천히, 조금씩 앞으로 나아갔다. 바퀴가 눈 속에 빠지고, 차체 전체가 신음을 내듯이 삐걱거렸고, 말들은 미끄러지고 숨을 헐떡이며 입김을 쏟아냈다. 마부의 커다란 채찍은 사방을 흩날리며 가느다란 뱀처럼 얽히고 풀리기를 되풀이했고, 안간힘을 쓰느라 팽팽해진 말 엉덩이를 휘몰아치면서 쉬지 않고 찰싹거렸다.

그러는 사이에 조금씩 날이 밝아왔다. 루앙 토박이 손님이 '솜털 비'에 빗댄 가벼운 눈송이는 더 이상 내리지 않았다. 어둡고 무거운 먹구름 사이로 빛줄기 하나가 희미하게 새어 나오자 들판을 덮은 흰색이 더욱 눈부셨다. 때때로 눈을 뒤집어쓴 초가집과 가지마다 눈이 소복한 큰 나무들이 줄지어 나타나기도 했다.

마차 안의 사람들은 여명의 서글픈 밝은 기운 속에서 호기심 가득한 눈으로 서로를 살폈다.

맨 안쪽 가장 좋은 자리에는 그랑퐁가街에서 포도주 도매상을 하는 루아조 부부가 마주 앉아 졸고 있었다.

루아조는 예전에 그 가게에서 점원으로 일했는데, 주인이 파산하자 가게의 영업권을 인수해 큰돈을 벌었다. 그는 질 낮은 포도주를 시골 소매상들에게 헐값에 팔았다. 지인들과 친구들 사이에서 그는 술수와 간계에 능한 전형적인 노르망디인, '교활한 사기꾼'으로 통했다.

사기꾼이라는 소문이 기정사실로 받아들여지다 보니, 어느 날 저녁 도지사 관저 모임에서 이런 일도 있었다.

우화를 쓰고 노래를 짓는 작가로 신랄하고 섬세한 면모를 지녀 그 지역에서 유명한 투르넬 씨가 부인들이 조는 것을 보고 '루아조 볼' 놀이를 제안했던 것이다.* 이 이야기는 도지사 접견실에 모인 모든 사람에게 전해졌고, 이내 도시 전체로 퍼져 한 달 동안 그 지방 호사가들의 웃음거리가 되었다.

게다가 루아조는 갖가지 익살과 좋고 나쁘고를 떠나 농담을 잘하기로 유명했다. 그에 관한 이야기를 할 때면 사람들은 어김없이 한마디씩을 덧붙였다. "별난 사람 루아조."

루아조는 작은 키에 배가 공처럼 튀어나왔고 희끗한 구레나룻 사이로 불그스름한 얼굴을 하고 있었다.

그의 부인은 키가 크고 건장하며 성격이 과감한 데다 목소리 톤이 높고 판단이 빨랐다. 그녀가 가게의 정돈과 계산을 도맡아 하는 동안, 남편 쪽은 가게를 즐겁고 활

* '루아조 볼'은 프랑스어로 Loiseau vole 혹은 L'oiseau vole. Loiseau는 사람 이름이지만, L'oiseau는 '새'를 가리킨다. 그리고 vole은 voler 동사의 활용형으로 이 동사는 '날다'라는 뜻도 있지만 '훔치다'라는 뜻도 있어 Loiseau vole은 '새가 날아간다'라는 뜻과 함께 '루아조가 도둑질한다'라는 말이 될 수도 있다.

기차게 만들었다.

그들 옆에는 좀더 위엄 있고 신분이 높은 카레라마동 씨 내외가 자리 잡았다. 남자는 면직업계의 유력 인사로 방적 공장을 세 곳이나 소유했으며, 레지옹도뇌르 훈장 수훈자이자 도의원이었다. 그는 제2 제정 시대 내내 온건파 야당의 당수였는데, 본인 말에 따르면 자신이 '예의 바르게' 싸운 이유는 자신의 주장을 더 높게 평가받기 위해서라고 했다. 카레라마동 부인은 남편보다 훨씬 젊어서, 루앙에 파견된 군부대의 명문가 출신 장교들에게 위안을 주는 존재였다.

그녀는 남편과 마주 보고 앉았다. 아주 작고 귀엽고 예쁜 얼굴의 그녀는 모피 속에 몸을 잔뜩 움츠린 채 심란한 눈으로 초라한 마차 내부를 바라보고 있었다.

그녀 옆에 앉은 위베르 드 브레빌 백작 부부는 노르망디에서 가장 유서 깊고 고귀한 가문에 속하는 사람들이다. 훌륭한 풍채의 노신사인 백작은 몸치장에 기교를 부려 자신이 앙리 4세*와 혈통적으로 닮아 보인다는 것을

* 프랑스의 왕(1553~1610). 1598년에 낭트 칙령으로 신앙의 자유를 보장하여 종교전쟁을 종결했다. 재위 기간은 1589~1610년이다.

드러내려고 애썼다. 이 가문에 전해 내려오는 영광스러운 전설에 따르면, 앙리 4세는 브레빌 가문의 어느 부인을 임신시켰고 그 덕에 그녀의 남편은 백작 작위를 받고 지방의 지사가 되었다고 한다.

카레라마동 씨와 마찬가지로 도의회 의원인 위베르 백작은 도의 오를레앙파* 정당을 대표했다. 그가 낭트의 소규모 선주 딸과 결혼하게 된 사연은 여전히 수수께끼로 남아 있다. 하지만 백작 부인은 풍채가 당당하고 누구보다 손님 접대를 잘하는 데다 루이 필리프**의 아들 한 명에게서 사랑받은 것으로 알려지기도 하여 모든 귀족 사회가 그녀를 환대했다. 그녀의 살롱은 그 지방에서 으뜸으로 통했으며, 옛날의 세련된 예법이 그대로 남아 있는 유일한 곳으로 그곳에 출입하기란 여간 어려운 일이 아니었다.

브레빌 부부의 재산은 전부가 부동산으로, 소문에 따

* 18, 19세기에 부르봉 왕가의 오를레앙 가계(루이 14세의 동생인 오를레앙 공작 필리프의 후손)를 지지한 프랑스의 입헌 군주제 정파.

** 프랑스의 왕(1773~1850). 왕족이면서 프랑스 혁명에 동조했으며, 7월혁명으로 왕위에 추대되었으나 금권 정치의 부패로 인해 2월혁명이 일어나 왕좌에서 쫓겨났다. 재위 기간은 1830~1848년이다.

르면 수입이 연 50만 리브르에 이른다고들 했다.

이 여섯 사람이 마차 안쪽에 자리 잡았고, 이들은 연금을 받는 평온하고 힘깨나 쓰는 부류이면서 신앙심과 도덕심을 지니고 있다고 자타가 공인하는 '교양 있는 신사'에 속했다.

우연치고는 이상하게, 여자들은 모두 같은 쪽에 자리를 잡았다. 백작 부인 옆에는 수녀 두 명이 앉아서 긴 묵주신공을 바치며 주기도문과 아베 마리아를 읊조리고 있었다. 한 명은 얼굴에 산탄총을 맞은 듯 천연두 자국이 작게 나 있는 늙은 수녀였다. 다른 한 명은 몹시 허약해 보였고, 순교자와 신비주의자를 만드는 열렬한 신앙에 시달려 폐결핵이라도 걸린 듯 가슴은 빈약했으며, 예쁜 얼굴에는 병색이 완연했다.

두 수녀 맞은편에 앉은 남자와 여자는 뭇사람들의 시선을 끌고 있었다.

남자는 그 지역에서 이름이 꽤 알려진 민주 인사 코르뉘데였다. 그는 지역 유지들의 기피 대상으로, 20년 전부터 민주주의를 지지하는 모든 카페의 술잔에 자신의 적갈색 수염을 적셔왔다. 제과업자인 아버지로부터 물려받은 꽤 많은 재산을 동지, 친구들과 어울려 모두 탕진하고, 그처럼 혁명적으로 소비한 사람이면 으레 받아야 할 자리를 받으려고 공화국이 들어서기를 학수고대하고 있었다. 9월 4일* 공화정이 선포되었을 때, 아마도 누군가의 짓궂은 장난이었겠지만, 그는 자기가 도지사에 임명되었다고 생각했다. 하지만 업무를 시작하려 하자, 그곳에 남아 있던 도청 직원들이 그를 인정하기를 거부하는 바람에 부득이 물러날 수밖에 없었다. 어쨌든 그는 사람 좋고 남에게 폐 안 끼치고 일을 잘 돕는 사람이어서, 방어 시설을 조직화하는 데 비길 데 없이 열성적으로 활동했다. 들판에 구덩이를 파고, 인근 숲의 어린나무를 모두 베어 쓰러뜨렸으며, 모든 도로에 함정을 설치했다. 그리고 적이 가까이 오자 자신이 마련한 대비책에 만족해하며 재빨리 도시로 퇴각했다. 지금 그는 새로운 방어 진지를 필요로 하는 르아브르로 가서 더 유용한 일을 해야겠다고 생각하고 있었다.

여자는 만인의 애인이라 불리는 그런 부류의 여자로

* 1870년 프랑스 제3공화정이 선포된 날.

나이에 걸맞지 않은 뚱뚱한 몸매로 유명했으며, 그 때문에 '불 드 스위프Boule de suif'(비곗덩어리란 뜻)라는 별명을 얻게 되었다. 키가 작고 몸 전체가 동글동글하며 유들유들 살이 찐 그녀의 손가락은 잘록하고 통통해서 작은 소시지를 묵주 모양으로 꿰어놓은 것 같았다. 탱탱하고 윤이 나는 피부와 옷 아래로 불룩 솟은 커다란 젖무덤은 남자들의 마음을 동하게 하고 뒤쫓아 오게 했다. 그녀의 싱그러운 모습은 보기에도 즐거웠다. 얼굴은 붉은 사과, 꽃을 피우려는 모란의 꽃봉오리 같았다. 얼굴 위쪽으로는 짙은 속눈썹 그늘 아래 새까만 두 눈이 반짝거렸고, 아래쪽에는 자그맣고 반짝이는 이를 덮은, 작고 매력적인 입술이 키스를 기다리듯 촉촉이 젖어 있었다.

사람들 말로는 그것 말고도 그녀에게 보이지 않는 매력이 많다고 했다.

그녀가 누구인지 알게 되자, 정숙한 여자들 사이에 쑥덕거리는 말이 오갔다. 그들이 "매춘부" "공공연한 창피" 등의 말을 너무 크게 쑥덕질하는 바람에 그녀가 고개를 쳐들었다. 그리고 옆에 있는 사람들을 둘러보았는데, 그 눈길이 너무 당돌하고 도발적이어서 이내 모든 사람이 입을 닫고 시선을 아래로 내려뜨렸다. 오직 한 사람 루아조만이 흥미롭게 그녀를 살피고 있었다.

하지만 얼마 지나지 않아 세 부인은 다시 이야기를 주고받기 시작했다. 이 여자 때문에 졸지에 가깝다 못해 속내를 털어놓는 친밀한 사이가 되어버린 셈이다. 그들은 뻔뻔스럽게 몸을 파는 이 여자에 맞서 아내들의 품위를 보여주며 뭉쳐야만 했다. 합법적인 사랑은 자유로운 사랑을 늘 멸시하기 마련인 법이다.

세 명의 남자 역시 코르뉘데를 보고 보수파의 본능으로 서로 가까워져서, 가난한 사람들을 경멸하는 듯한 어투로 돈 이야기를 나누었다. 위베르 백작은 프로이센 군대가 끼친 손해, 가축을 도둑맞고 농작물을 잃어버린 바람에 입은 손해에 관해 이야기했다. 하지만 이 정도 손해는 1년 안에 회복할 수 있기에 별로 타격을 입지 않았다는 천만장자 귀족의 안도감도 피력했다. 면직 사업에서 고전을 면치 못한 카레라마동 씨는 유비무환 차원에서 60만 프랑을 영국에 보내놓았다. 루아조 씨는 지하 저장고에 남아 있는 하급 포도주를 프랑스군 병참부에 팔게 되어 국가로부터 거액의 대금을 받아야 하는데, 그 돈을 르아브르에서 지급받을 예정이었다.

세 남자는 모두 우정 어린 시선을 재빠르게 주고받았다. 처한 상황은 다르지만, 그들은 바지 주머니에 손을 넣으면 금화 소리가 나는, 가진 자들의 유대감으로 똘똘 뭉친, 돈으로 맺어진 형제애를 느꼈다.

마차가 하도 천천히 가는 바람에 오전 10시가 되어서도 4리외밖에 가지 못했다. 남자들은 세 번이나 마차에서 내려 언덕길을 걸어 올라가야 했다. 마차에 탄 사람들은 초조해지기 시작했다. 토트에서 점심을 먹을 요량이었는데, 지금 같아선 어둡기 전에 그곳에 도착하기 어려울 것 같았다. 각자 길가에 식당이라도 있는지 살펴보던 차에, 하필이면 마차가 눈구덩이에 빠져 마차를 끌어올리는 데 두 시간이 걸렸다.

시장기가 심해지자 모두 정신이 혼미해졌다. 싸구려 식당 하나, 포도주 장수 한 명도 보이지 않았다. 프로이센군이 다가오고 굶주린 프랑스 부대가 지나가는 바람에 모든 장사꾼이 겁먹은 것이다.

남자들이 길가에 있는 농가에 가서 먹을 것을 구하려고 했지만 빵조차 구하지 못했다. 눈에 보이는 대로 족

족 가져가는 군인들한테 모조리 빼앗길까 봐 농부들이 비축 양식을 모두 숨겨놓았기 때문이다.

오후 1시 무렵, 루아조는 위에 커다란 구멍이 난 것처럼 배고프다고 했다. 모두 오래전부터 그와 똑같은 고통을 겪고 있었다. 점점 더 심해지고 격렬해지는 허기 때문에 대화마저 끊겼다.

가끔 누군가 하품을 하면, 거의 동시에 다른 사람도 따라 했다. 그리고 저마다 번갈아, 각자의 성격과 처세술 그리고 사회적 지위에 따라 시끄러운 소리를 내며 입을 벌리거나, 하품이 나오려고 벌어진 입에 얌전히 손을 갖다 대기도 했다.

비곗덩어리는 벌써 몇 번이고 치마 밑에서 뭔가를 찾는 것처럼 몸을 숙였다가, 잠시 머뭇거리며 옆 사람들을 쳐다본 후 다시 잠자코 몸을 일으키곤 했다. 사람들의 얼굴이 해쓱해지고 일그러졌다. 루아조는 햄 한 덩어리가 있다면 1,000프랑이라도 주고 사겠노라고 큰소리쳤다. 그의 아내는 말리려는 듯한 몸짓을 하다 이내 그만두었다. 그녀는 돈을 낭비한다는 말을 들으면 언제나 속이 상해서 농담조차 이해하지 못했다. "사실은 저도 기분이 좋지 않아요. 어떻게 먹을 걸 챙겨 올 생각을 못 했을까요?" 백작이 말했다. 모두 같은 생각으로 책망하고 탄식도 했다.

코르뉘데는 럼주가 가득 든 수통을 갖고 있었다. 그가 그것을 내밀었지만 사람들은 차갑게 거절했다. 루아조 혼자 그것을 받아 두어 방울을 따라 마시고는 수통을 돌려주며 감사 표시를 했다. "어쨌든 좋군요. 몸을 데워 주고 허기를 잊게 만드네요." 술기운으로 기분이 좋아진 그가 노랫말에 나오는 작은 배 위에서처럼 하자고 제안했다. 그 말은 마차의 손님들 가운데서 가장 살찐 사람을 잡아먹자는 뜻이었다. 비곗덩어리를 간접적으로 겨냥한 그 말을 듣고 교양 있는 사람들은 불쾌감을 느꼈다. 아무도 대꾸하지 않았다. 코르뉘데만 미소 지었다. 수녀 두 명은 묵주신공을 멈추고 넓은 소매 속에 손을 찔러 넣었다. 그리고 한사코 눈을 내리깐 채 꼼짝도 하지 않았다. 그들은 하늘이 내린 이 고통을 분명 하늘에 다시 바쳤을 것이다.

이윽고 3시쯤 되어 마차가 마을 하나 보이지 않는 끝없이 펼쳐진 평원 한가운데에 이르렀을 때, 비곗덩어리가 재빨리 몸을 굽히더니 의자 아래서 흰 보자기로 덮인 커다란 바구니를 꺼냈다.

그녀는 먼저 작은 도자기 접시 하나와 얇은 은제 잔을 꺼냈고, 이어서 잘게 잘라 젤리에 절인 닭 두 마리가 들어 있는 커다란 단지를 꺼냈다. 바구니에는 종이로 싼 다른 맛있는 음식들도 들어 있었다. 각종 파테와 과일, 사탕, 과자 등 사흘간 여행하며 여인숙의 음식을 먹지 않으려고 미리 준비해온 것들이었다. 네 개의 병 주둥이가 음식 꾸러미 사이에서 삐죽 올라와 있었다. 그녀는 닭 날개 하나를 집어 들고는 노르망디에서 '레장스'라고 부르는 작은 빵과 함께 조심스럽게 먹기 시작했다.

모든 시선이 그녀를 향했다. 곧 음식 냄새가 마차 안에 가득 퍼져 사람들은 콧구멍을 벌름거렸고, 귀밑 턱 근육이 수축하며 입안에 군침이 고였다. 이 여자를 향한 부인들의 경멸적인 시선이 더욱 사나워졌다. 마치 그녀를 죽여버리거나 마차 밖 눈 위로 바구니와 잔, 음식들과 함께 던져버릴 것 같은 태세였다.

루아조는 닭이 들어 있는 단지를 게걸스럽게 바라보았다. 그가 말했다. "참 잘하셨군요. 부인은 우리보다 준비성이 있으셨네요. 이렇게 모든 일에 만전을 기하는 사람들이 있다니까요." 그녀가 그를 향해 얼굴을 들며 말했다. "좀 드시겠어요, 선생님? 아침부터 아무것도 먹지 못해서 힘드실 거예요." 그가 화답했다. "정말, 솔직히, 사양할 수가 없군요. 더 이상 그럴 수가 없어요. 전시에는 전시에 맞게 살라고 하지 않습니까. 그렇잖아요, 부인?" 그리고 주위를 둘러보고 덧붙였다. "이런 때에 호의를 베풀어주는 사람을 만나는 것은 매우 기쁜 일이죠." 그는 바지를 더럽히지 않기 위해 갖고 있던 신문을 바지 위에 펴고, 호주머니 속에 넣어 다니는 칼을 꺼내 젤리가 묻어 온통 번들거리는 닭 다리 하나를 떼어 입으로 가져간 다음 흐뭇한 표정으로 씹어대기 시작했다. 마차 안에서는 괴로운 듯 큰 한숨 소리가 터졌다.

비곗덩어리는 공손하고 상냥한 목소리로 수녀들에게 자신의 음식을 나눠 먹자고 했다. 그들은 기꺼이 그 제안을 받아들여 감사의 말을 몇 마디 중얼거린 뒤, 고개도 들지 않고 허겁지겁 먹기 시작했다. 코르뉘데 역시 옆자리에 앉은 그녀의 권유를 마다하지 않았다. 그는 수녀들과 함께 무릎 위에 신문지를 펴서 일종의 식탁을 만들었다.

사람들은 쉴 새 없이 입을 여닫으면서, 그악스레 음식을 집어넣고 짓씹고 삼켰다. 구석 자리에서 정신없이 먹기에 열중하던 루아조가 목소리를 낮춰 아내에게 자신을 따라 하도록 했다. 그녀는 오랫동안 버텼지만, 배 속 여기저기서 경련이 일어나자 꼬리를 내렸다. 그러자 그녀의 남편이 부드러운 목소리로 그들의 '멋진 동행자'에게 닭 한 조각을 루아조 부인에게 줘도 되겠냐고 물었다. 비곗덩어리는 "그럼요, 물론이죠"라고 대답한 뒤 상냥한 미소를 지으며 단지를 내밀었다.

비곗덩어리가 첫번째 보르도산 포도주병을 땄을 때 난처한 일이 생겼다. 술잔이 하나밖에 없었던 것이다. 그래서 한 사람이 마시고 나면 잔을 닦아 돌렸다. 코르뉘데만이 옆에 앉은 비곗덩어리의 입술이 닿아 아직 축축한 그 자리에 자신의 입술을 대고 마셨다. 분명 여자의 환심을 사려는 행동이었다.

브레빌 백작 부부와 카레라마동 부부는 음식을 먹고 있는 사람들 사이에 낀 데다가 음식에서 나는 냄새 때문에 탄탈로스*에 버금가는 가혹한 형벌에 시달렸다. 공장주 카레라마동의 젊은 아내가 갑자기 한숨을 내쉬는 바람에 모든 사람이 고개를 돌렸다. 그녀의 안색이 바깥에 내린 눈처럼 창백했다. 그러곤 눈이 감기고 이마가 떨어지더니 의식을 잃었다. 그녀의 남편이 깜짝 놀라 모든 사람에게 애원하며 도움을 청했다. 모두 우왕좌왕했다. 나이 많은 수녀가 환자의 머리를 받치고 그녀의 입술 사이로 비곗덩어리의 잔에 든 포도주 몇 방울을 흘려보냈다. 예쁜 부인은 몸을 움직이며 눈을 뜨더니 미소를 지었다. 그러면서 기어들어 가는 목소리로 이제는 훨씬 괜찮아진 것 같다고 말했다. 하지만 수녀는 이런 일이 또다시 일어나서는 안 된다며 그녀에게 포도주를 한 잔 가득 억지로 마시게 했다. 그러면서 이렇게 덧붙였다. "허기져서 그런 거예요. 딴게 아닙니다."

그러자 비곗덩어리는 붉어진 얼굴에 난처한 빛을 띠며 아무것도 먹지 않고 있는 네 명의 여행객을 쳐다보면서 중얼거렸다. "어쩌나, 저 신사들과 부인들께도 제가 뭘 좀 드렸으면 좋겠는데……" 그녀는 모욕이라도 당할

* 제우스의 아들로 신들이 먹는 음식을 훔쳐 인간에게 주었기 때문에 지옥에 떨어져 영원한 배고픔과 목마름에 고통받는 벌을 받았다.

까 봐 두려워 입을 다물었다. 루아조가 말을 받았다. "아무렴, 이런 경우에는 모두가 형제이므로 서로 도와야 해요. 자, 부인들, 어렵게 생각할 거 없이 받아들이세요. 오늘 밤 쉬어 갈 집을 하나라도 찾을 수 있을까요? 이대로라면 내일 정오 안에 토트에 도착하는 건 불가능할 겁니다." 그러나 그쪽 사람들은 망설이기만 할 뿐, 아무도 "좋습니다"라고 말하며 행동에 책임을 지려고 하지 않았다. 결국 백작이 문제를 명쾌하게 해결했다. 그는 겁을 먹어 잔뜩 주눅 들어 있는 뚱보 아가씨 쪽으로 고개를 돌리더니 귀족 특유의 태도로 거만하게 말했다. "감사하는 마음으로 받아들이겠소, 부인."

첫걸음을 떼기가 어려웠을 뿐, 일단 루비콘강을 건너자 다들 거침없어졌다. 바구니가 금세 다 비었다. 거기에는 거위 간으로 만든 파테, 종달새 고기 파테, 훈제한 소 혓바닥 한쪽, 크라산* 배 몇 개, 퐁레베크산 치즈 한 덩이, 각종 비스킷 그리고 식초에 절인 작은 오이와 양파가 가득 담겨 있었다. 비곗덩어리도 다른 여자들처럼

* 과육이 단단하고 새콤한 배의 일종. 11월이나 12월에 수확한다.

생채소를 좋아했다.

그녀가 준비해온 음식을 먹으면서 그녀에게 말을 건네지 않을 수는 없는 일이었다. 처음에는 서먹하게 이야기가 오갔지만, 그녀가 계속 예의 바른 행동을 보이자 차츰 속마음을 털어놓기 시작했다. 브레빌 부인과 카레라마동 부인은 모두 대단한 사교술을 가진 사람들이라 품위 있고 상냥하게 상대방의 말을 들어주었다. 특히 백작 부인은 어떤 교제에서도 자신의 명예를 훼손하지 않는 귀족 부인답게 친절하고 관대한 태도를 보이면서 매력을 드러냈다. 하지만 여장부 같은 성격의 건장한 루아조 부인은 여전히 무뚝뚝했다. 말은 거의 하지 않고 부지런히 먹어대기만 했다.

자연스럽게 전쟁 이야기가 화제가 됐다. 프로이센군이 저지른 끔찍한 일들, 프랑스군의 용감한 모습 등에 대해 말이 오갔다. 여기 모인 이들은 모두 도망가는 처지였으나, 다른 사람들의 용기에는 칭찬을 보냈다. 이윽고 개인적인 이야기들이 시작되었다. 비곗덩어리는 또래의 여자들이 타고난 격정을 토로할 때 취하는 열정적인 말투로, 자신이 루앙을 어떻게 떠나왔는지를 진솔하게 이야기했다. “처음에 저는 남아 있으려고 했어요. 집에 먹을 것도 넉넉히 있고 해서 낯선 곳으로 이주하는 것보다는 군인 몇 명에게 숙식을 제공하는 것이 나을 거라고 생각했지요. 하지만 막상 프로이센 놈들을 대하고 보니 도무지 감당이 되지 않았습니다! 피가 거꾸로 흐르고 수치스러워 하루 종일 울었습니다. 아! 내가 만일 남자라면, 정말! 끝이 뾰족한 철모를 쓴, 살진 돼지 같은 그놈들을 창문으로 바라볼 때면, 그놈들 등짝에 집기라도 던지고 싶었습니다. 하녀가 내 손을 잡는 바람에 그러지는 못했습니다. 그런데 그들 가운데 몇 명이 우리 집에 숙소를 구하러 왔더군요. 그래서 저는 맨 먼저 들어오는 놈의 목덜미에 달려들었습니다. 그들이라고 해서 다른 놈들보다 목 졸라 죽이기가 더 어려울 건 없지 않나요! 사람들이 제 머리채를 당겨 말리지 않았다면 그놈을 끝장낼 수도 있었을 거예요. 그 일이 있고 나서 저는 몸을 숨겨야 했습니다. 그러다가 기회가 생겨서 집을 떠나 이렇게 여기까지 오게 되었어요.”

사람들은 그녀를 높이 칭찬했다. 그녀는 그런 용감한 행동을 보이지 못한 일행들에게서 떠받들어지자 기분이 한껏 좋아졌다. 코르뉘데는 그녀의 이야기를 들으면서 사도使徒와 같이 찬동과 호의 어린 미소를 띠었다. 하느님을 찬양하는 독실한 신자의 이야기를 듣고 있는 성직자 모습 같기도 했다. 미사 예복을 입은 사람들이 종교를 독점하듯, 턱수염을 길게 기른 민주 인사들은 애국심이 자신들의 전유물이라고 생각했기 때문이다. 자기 차례가 되자 그는 근엄한 목소리로, 매일 벽에 나붙는 성명서를 통해 배운 과장법을 구사하며 그럴싸한 어투로 말했다. 그리고 마지막을 "망나니 바댕게"*를 당당하게 비난하는 짤막한 웅변으로 마무리했다.

그러자 비곗덩어리가 당장 화를 냈다. 보나파르트 지지자였기 때문이다. 얼굴이 버찌보다 더 붉어지더니, 분개해서 말까지 더듬었다. "당신들이 그 자리에 있었다면 어떻게 했을지 보고 싶군요. 가관이었을 거예요, 그래요! 바로 당신들이 그분을 배반한 거예요. 당신네 같은 사기꾼들이 나라를 다스린다면 나는 프랑스를 떠날 수밖에 없을 거예요!" 코르뉘데는 태연한 척하면서도 경

* 나폴레옹 3세를 가리킴.

멸적이고 거만한 미소를 지었다. 자칫하면 욕설이 튀어 나올 것 같았기 때문에 백작이 중재에 나서 모든 진지한 주장은 존중할 만한 것이라고 무게 있게 말하며 흥분한 젊은 아가씨를 간신히 가라앉혔다. 그런데 백작 부인과 공장주의 부인은 지체 높은 사람들이 공화정에 대해 갖는 근거 없는 증오와 위엄 있고 전제적인 정부에 대해 여자들이 품는 본능적인 애정을 모두 갖고 있었기 때문에, 이토록 당당하게 처신하는 이 매춘부에게 자신들도 모르게 마음이 끌렸다. 그녀의 감정이 자신들의 감정과 너무도 닮았던 것이다.

바구니는 텅 비어 있었다. 열 명이 그것을 해치우는 일은 식은 죽 먹기였고, 바구니가 더 크지 않은 것이 아쉬울 뿐이었다. 대화는 얼마 동안 더 계속되었지만, 먹을 것이 없어진 다음부터 그것마저 시들해졌다.

밤이 오고, 어둠은 점점 짙어졌다. 음식이 소화되는 동안에는 더 예민하게 추위를 느끼기 때문에 비곗덩어리는 남들보다 살집이 있음에도 몸을 덜덜 떨었다. 그러자 브레빌 부인은 아침부터 석탄을 여러 번 갈아 넣은 자신의 작은 화로를 내밀었다. 비곗덩어리는 당장 그것을 받아들였다. 발이 얼어붙는 것 같았기 때문이다. 카레라마동 부인과 루아조 부인은 각자의 화로를 수녀들에게 내주었다.

마부가 램프를 켰다. 말들은 마차를 끄느라 엉덩이가 땀에 젖었고, 엉덩이에서 수증기가 구름처럼 피어올랐다. 램프의 불빛이 움직일 때마다 길 양편의 눈이 앞으로 펼쳐지듯 계속 비쳤다.

마차 안은 이제 아무것도 분간할 수 없었다. 그런데 갑자기 비곗덩어리와 코르뉘데 사이에 움직임이 일었다. 어둠 속을 유심히 둘러보던 루아조는 턱수염이 긴 그 남자가 소리 없이 날아든 타격에 얻어맞은 것처럼 재빨리 몸을 떼는 것을 느꼈다.

작은 불빛들이 길 앞쪽에 점점이 나타났다. 토트였다. 열한 시간을 달린 다음이었다. 말에게 귀리를 먹이고 숨을 돌리게 하려고 네 번에 걸쳐 두 시간을 쉬었으므로 총 열세 시간이 걸린 셈이다. 그들은 마을로 들어가 코메르스 호텔 앞에 멈추었다.

마차 문이 열렸다. 귀에 익은 소리 때문에 마차에 탄 사람들 모두가 치를 떨었다. 장검 칼집이 땅바닥에 부딪

히는 소리였다. 곧 어떤 프로이센인이 뭐라 외치는 소리가 들려왔다.

마차는 멈췄지만 아무도 내리지 않았다. 마치 밖으로 나가면 죽임을 당할지도 모른다고 생각하는 듯이. 그때 마부가 램프를 손에 들고 나타났다. 그 불빛에 갑자기 마차 안쪽까지 밝아졌고, 두 줄로 앉아 있던 사람들의 겁먹은 얼굴이 드러났다. 모두 당황하고 놀라 입은 벌어지고 눈은 휘둥그레졌다.

마부 옆에는 한 프로이센군 장교가 불빛을 환하게 받으며 서 있었다. 지나치게 마르고 키가 큰 금발의 젊은이였다. 그는 코르셋을 한 처녀처럼 군복 허리를 졸라매고, 평편하고 밀랍을 먹인 모자를 삐딱하게 쓰고 있어서 꼭 영국의 호텔 종업원 같았다. 어울리지 않게 얼굴 양쪽으로 가늘고 길게 뻗은 그의 콧수염은 끄트머리 한 올이 노란 털로 되어 있어 어디가 끝인지 분간할 수 없을 정도였다. 이 수염 때문에 입가가 짓눌려 보였고 뺨이 밑으로 처지고 입술에 주름이 팬 것처럼 보였다.

그는 알자스 억양의 프랑스어로 딱딱하게 마차 승객들더러 밖으로 나오라고 종용했다. "신사 숙녀 여러분,

내리시겠습니까?"

두 명의 수녀가 맨 먼저 명령에 따랐다. 모든 종류의 복종에 길들여진 신의 딸들답게 순순히. 그다음으로 백작 부부가 내렸고 공장주와 그의 아내 그리고 루아조가 덩치 큰 아내를 앞세우면서 뒤를 이었다. "안녕하시오, 선생." 루아조는 땅에 발을 내디디면서 장교에게 말을 건넸다. 예의를 표시하기 위해서라기보다 자신의 안전을 걱정해서 한 말이었다. 상대방은 막강한 힘을 가진 자들이 으레 그렇듯, 아무 대꾸도 하지 않고 거만하게 그를 지켜보기만 했다.

비곗덩어리와 코르뉘데는 마차 문 가까이에 있었지만, 적 앞에서 신중하고 의연한 태도를 유지하며 맨 나중에 내렸다. 뚱보 아가씨는 자신의 감정을 억누르며 침착하게 처신하려고 애썼다. 민주 인사는 사고를 당해 약간 떨리기조차 하는 손으로 자신의 긴 갈색 수염을 만지작거렸다. 두 사람은 이런 상황에서 각자가 자기 나라를 대표한다고 생각하고 의젓하게 행동하고자 한 것이다. 함께 마차를 탄 사람들이 고분고분 구는 것에 반발해서 그녀는 옆에 앉았던 정숙한 여자들보다 좀더 당당해 보이려고 애썼고, 남자는 다른 사람에게 모범을 보여야 한다는 생각에 도로에 함정을 설치할 때부터 시작한 저항 활동의 임무를 자신의 태도 전반에서 계속 드러내고 있었다.

일행은 여인숙의 널따란 식당으로 들어갔다. 프로이센 장교는 총사령관이 서명하고 여행자 개개인의 이름과 인상착의, 직업이 명시되어 있는 여행 허가증을 제시하라고 했다. 그리고 거기 적힌 기재 사항과 해당 인물을 일일이 대조해가며 오랫동안 살펴보았다.

그러더니 대뜸 "좋소"라고 말한 다음 자리를 떴다.

그제야 사람들은 안도의 숨을 내쉬었다. 여전히 배가 고팠다. 저녁 식사를 주문했더니 준비하는 데 반 시간이 걸린다고 했다. 하녀 두 명이 식사를 준비하는 동안 사람들은 방을 둘러보러 갔다. 방들은 복도를 따라 나 있었고, 복도 끝에는 굵은 글씨로 번호가 적힌 유리창 달린 문이 있었다.*

마침내 모두 식탁으로 가서 앉으려는데 여인숙 주인이 나타났다. 예전에 말 장수를 했고 천식을 앓는 뚱뚱

* 당시에는 문에 0이라는 숫자를 굵게 새겨 화장실을 표시했다.

한 남자였다. 그 때문에 언제나 쌕쌕거리는 쉰 목소리를 냈으며, 목구멍에서는 가래 끓는 소리가 났다. 아버지가 물려준 이름은 폴랑비였다.

그가 물었다.

"엘리자베트 루세 양이 누구요?"

비곗덩어리가 흠칫 놀라 뒤를 돌아보았다.

"전데요."

"프로이센 장교가 당신한테 당장 할 말이 있답니다."

"제게요?"

"네. 당신이 엘리자베트 루세가 맞다면요."

그녀는 당황했지만, 잠시 생각하다가 단호하게 말했다.

"맞아요. 하지만 전 가지 않겠어요."

그 말에 사람들이 술렁거리기 시작했다. 그들은 말을 주거니 받거니 하며 장교가 이렇게 호출한 이유를 살폈다. 백작이 그녀에게 다가왔다.

"그건 옳지 않습니다, 부인. 당신이 거절하면 당신뿐만 아니라 다른 사람들까지 어려움을 겪을 수 있습니다. 강자를 상대로 맞서서는 결코 안 됩니다. 아무 문제 없을 겁니다. 아마 서류에 빠진 것이 있어서일 거예요."

모두 백작의 생각에 동조해서 그녀에게 부탁하고, 재촉하고, 설교한 끝에 마침내 그녀는 설복하고 말았다. 그들 모두는 자칫 그녀가 돌변하여 일이 꼬일까 봐 두려웠다. 마침내 그녀가 말했다.

"여러분을 위해서 그렇게 하는 겁니다. 정말이에요."

백작 부인이 그녀의 손을 잡았다.

"정말 고마워요."

그녀가 밖으로 나갔다. 사람들은 함께 식사하기 위해 그녀를 기다렸다. 저마다 성질이 불같고 성마른 이 아가씨 대신 자신이 불려가지 않은 것에 대해 애석해하면서, 만일의 경우 자신을 부를 때를 대비하여 마음속으로 이런저런 군색한 말들을 준비했다.

10분 뒤 그녀가 씩씩거리며 돌아왔다. 그녀는 몹시 화가 나서 숨이 막히는 듯 얼굴이 붉으락푸르락했다. 그녀가 더듬대며 말했다. "아, 이 불한당 같은 놈! 불한당 같은 놈!"

모두가 무슨 일인지 알고 싶어 안달이 났지만, 그녀는 아무 말도 하지 않았다. 그러다 백작이 채근하자 의젓하고 당당한 목소리로 말했다. "여러분들과는 상관없는 일입니다. 말할 수 없습니다."

이윽고 사람들은 삶은 양배추 냄새가 솔솔 나는 커다란 수프 그릇 주위에 모여 앉았다. 방금 불안한 일이 있었지만 식사는 유쾌했다. 사과주도 맛이 좋았다. 루아조 부부와 수녀들은 돈을 아끼려고 사과주를 마셨지만, 다른 사람들은 포도주를 주문했다. 코르뉘데는 맥주를 가져오라고 했다. 그는 독특한 방법으로 병마개를 딴 다음, 거품이 나도록 맥주를 붓고 잔을 기울이면서 바라보았다. 그리고 그 잔을 램프 불빛과 눈 사이로 들어올려 색깔을 다시 잘 살폈다. 맥주를 들이켤 때는 그가 좋아하는 맥주 빛깔을 띤 풍성한 수염이 다정하게 떨리는 것 같았다. 그의 두 눈은 술잔을 놓치지 않고 응시하느라 사팔뜨기가 되었다. 그가 이 세상에 태어난 이유는 오직 그 술을 마시기 위해서라는 느낌이 들 지경이었다. 그의 삶을 온통 지배하고 있는 두 개의 커다란 열정, 즉 페일에일* 맥주와 혁명 사이에는 밀접한 연관성, 일종의 친

* 상면 발효 방식으로 생산되는 영국식 맥주 에일의 한 종류. 에일을 대표하는 맥주이다. 1703년 영국에서 코크coke(석탄으로 만든 연료)로 구운 담색 맥아로 처음 만들었다. 밝은색과 쓴맛이 특징이다.

화력 같은 것이 자리 잡고 있는 듯했다. 확실히 그는 어느 한쪽이 없으면 다른 한쪽의 의미도 알 수 없었다.

폴랑비 부부는 식탁 맨 끝에서 저녁을 먹고 있었다. 남자 쪽은 고장 난 기관차처럼 숨을 헐떡거렸는데, 음식을 먹으면서 말을 하기에는 가슴에 심한 압박을 느꼈다. 하지만 여자는 잠시도 입을 다물고 있지 못했다. 그녀는 프로이센 군인들이 도착했을 때 받은 인상과 그들의 말과 행동에 관해 이야기하면서 치를 떨었다. 그 이유는 우선 그들 때문에 돈이 나갔고, 다음으로 아들 둘이 징집되었기 때문이다. 그녀는 상류층 부인과 이야기하는 것에 감격해서 주로 백작 부인에게 말을 건넸다.

그녀는 민감한 문제에 대해 말할 때는 목소리를 낮추었다. 이따금 그녀의 남편이 "입 다물고 있는 것이 좋을 걸, 폴랑비 부인" 하며 아내의 말을 잘랐지만, 그녀는 아랑곳하지 않고 계속했다.

"그래요, 부인. 그자들은 감자와 돼지고기, 또 돼지고기와 감자밖에 안 먹어요. 저들이 깨끗하다고 생각하면 오산입니다. 아휴! 말하기 민망하지만, 저들은 아무 데서나 볼일을 봅니다. 그리고 저들이 들판에 나가 몇 시간씩, 며칠씩 훈련하는 걸 보면, 앞으로 갔다, 뒤로 갔다, 이리 돌았다, 저리 돌았다만 반복합니다. 자기네 나라로 돌아가서 농사를 짓든가, 길이라도 닦는 편이 차라리 나을 텐데 말입니다. 아휴, 부인! 저 군인들은 아무짝에도 소용이 없어요. 사람 죽이는 법이나 배우는 인간들을 우리같이 가난한 사람들이 먹여 살려야 한다니요! 그래요, 전 일자무식 할망구입니다. 하지만 저들이 아침부터 저녁까지 제자리걸음 하면서 몸만 축내는 걸 보면 이런 생각이 든답니다. 많은 사람이 세상에 도움이 되려고 새로운 것을 만들어내는데, 저 사람들은 왜 세상에 해가 되려고 저렇게 고생을 사서 하나! 정말 프로이센 사람이든, 영국 사람이든, 폴란드 사람이든, 프랑스 사람이든, 사람을 죽인다는 것은 몹쓸 일 아닙니까? 자신을 괴롭힌 사람에게 복수하면 유죄를 선고받으니 악이 되고, 총으로 아이들을 사냥감처럼 쏴 죽이면 가장 많이 죽인 사람한테 훈장을 수여하니까 선이 된다니요? 아니, 나는 도통 알다가도 모르겠어요!"

코르뉘데가 목청을 높였다.

"전쟁이란 평화롭게 지내는 이웃을 공격할 때는 야만

행위지만, 조국을 수호할 때는 신성한 의무가 되는 것입니다."

늙은 주인 여자가 고개를 떨구면서 말했다.

"그렇죠, 자신을 방어하는 건 다른 문제죠. 하지만 재미 삼아 그런 짓을 하는 왕들은 차라리 죽여야 하는 것 아닌가요?"

코르뉘데의 눈이 흥분으로 불타올랐다.

"민주 시민 만세!"

카레라마동 씨는 깊은 생각에 잠겼다. 그는 비록 무공을 세운 군인들을 열렬히 숭배하지만, 이 같은 시골 아낙네의 말에도 일리가 있겠다 싶었다. 할 일이 없어서 나라에 폐만 되는 이 많은 사람을, 활용도 못 하고 유지하느라 애만 먹는 이 많은 노동력을, 결실을 맺는 데 수 세기가 걸리는 대규모 산업 활동에 투입한다면 세상이 얼마나 풍요롭게 될지 상상해보았다.

루아조는 자리를 옮겨 여인숙 주인에게 가서 낮은 목소리로 얘기를 주고받았다. 뚱뚱한 그 남자는 웃다가 기침을 쿨룩거리며 가래를 뱉었다. 루아조가 농담을 할 때마다 그의 불룩한 배가 아래위로 출렁거렸다. 봄이 되면 프로이센군들도 떠나고 없을 테니, 그때를 위해 그는 루아조에게서 보르도 포도주 여섯 통을 사기로 했다.

모두 극도로 피곤했기 때문에 저녁 식사가 끝나기가 무섭게 잠자리에 들었다.

그러나 루아조는 여러 상황을 살펴온 터라 아내를 잠자리에 들게 한 뒤 열쇠 구멍에 눈과 귀를 번갈아 갖다 대면서 '복도 미스터리'의 비밀을 알아내려고 무던히 애썼다.

한 시간쯤 지나자, 뭔가가 살짝 닿는 소리가 들렸다. 그가 얼른 열쇠 구멍으로 밖을 내다보자, 비곗덩어리가 보였다. 그녀는 흰 레이스로 가장자리가 장식된 푸른 캐시미어 가운을 입어 더욱 통통해 보였다. 그녀는 휴대용 촛대를 든 채 복도 끝 굵은 번호가 있는 쪽으로 가고 있었다. 그때 옆방 문이 살며시 열렸다. 몇 분 뒤 그녀가 되돌아오자, 코르뉘데가 멜빵 바지 차림으로 그녀 뒤를 따랐다. 그들은 나지막한 소리로 말을 주고받다가 걸음을 멈추었다. 비곗덩어리가 완강하게 자기 방 입구를 막고 있는 듯했다. 아쉽게도 그들이 무슨 말을 하는지는 들리지 않았다. 하지만 마지막에 언성을 높이는 바람에 몇 마디 얘기를 들을 수 있었다. 코르뉘데가 뭔가 떼쓰는 소리였다.

"나 참, 당신 바보로군요. 그게 어때서요?"

그녀가 성난 목소리로 대꾸했다.

"아니, 저기요, 그런 일을 해서는 안 될 때가 있다고요. 그리고 여기서 그런다는 건 창피한 일이에요."

하지만 코르뉘데는 그 말뜻을 이해하지 못한 듯했다. 그가 이유를 재차 되물었다. 그러자 그녀가 화를 내며 언성을 더욱 높였다.

"왜라니? 이유를 모르시겠어요? 이 집에 프로이센 군인들이 있어요. 어쩌면 바로 옆방에 있을지도 모르잖아요?"

코르뉘데는 잠자코 있었다. 비록 매춘부의 몸이지만, 적이 가까이 있는 상황에서는 절대로 애무를 받지 않겠다는 이 애국심 강한 여자의 태도가 구겨지고 짓뭉개졌던 그의 자존심을 일깨우기라도 했는지, 그는 그녀에게 짧게 포옹만 하고 가만히 자기 방으로 되돌아갔다.

얼굴이 벌겋게 달아오른 루아조는 열쇠 구멍에서 눈을 떼고는 방 안을 껑충껑충 뛰다시피 했다. 그러더니 마드라스산 머리쓰개를 쓴 다음, 단단한 고깃덩이 같은 침대 속 아내 몸을 더듬으며 "내가 좋아, 여보?"라고 속삭이면서 입을 맞추는 바람에 그녀가 잠에서 깼다.

여인숙 안이 다시 조용해졌다. 하지만 얼마 지나지 않아 어디선가, 지하실 아니면 다락방일 것 같은 방향에서 코 고는 소리가 크고, 단조롭고, 규칙적으로 들려오기 시작했다. 둔탁하고 길게 늘어지는 그 소리 중간중간에 압력을 받은 솥단지의 떨림소리 같은 것이 섞여 있었다. 폴랑비 씨가 자는 소리였다.

이튿날은 8시에 출발하기로 되어 있어서 모두 식당에 모였다. 그러나 마차만 덮개에 눈을 뒤집어쓴 채 마당 한가운데 덩그러니 서 있을 뿐, 말도 마부도 보이지 않았다. 마부를 찾으러 마구간과 꼴 창고, 차고를 둘러보았지만 허사였다. 남자들은 마을을 뒤져보려고 모두 밖을 나섰다. 그들은 광장에 이르렀다. 광장 안쪽에는 성당이 있고, 그 양옆으로 프로이센 군인들이 거주하고 있는 것으로 보이는 나지막한 집들이 있었다. 맨 처음 눈에 들어온 군인은 감자 껍질을 벗기고 있었다. 두번째 군인은 좀더 떨어진 곳에서 이발소를 청소하고 있었다.

눈 주위까지 수염이 텁수룩한 또 다른 군인은 우는 아이를 안아 무릎 위에 올려놓고 흔들면서 달래느라 진땀을 빼고 있었다. 남편을 '전시 동원군대'에 내보낸 뚱뚱한 시골 아낙네들은 순둥이 같은 정복자들에게 장작 패기, 빵을 수프에 적시기, 커피 빻기 등 할 일을 손짓, 발짓으로 가르쳐주고 있었다. 나이가 많아 거동이 불편한 주인 노파의 속옷까지 빨아주는 군인도 있었다.

백작은 놀라서 사제관에서 나오는 성당지기한테 물었다. 독실한 신자인 그 노인이 이렇게 대답했다. "아! 저 사람들은 못되게 굴지 않아요. 프로이센 사람들이 아니라고들 하더군요. 어딘지는 모르지만, 더 먼 곳에서 왔나 봐요. 모두 고향에 처자식들을 두고 왔대요. 그러니 전쟁이 재미있을 리 있겠어요. 저네들 고향에서도 가족들이 분명 저들을 보고 싶어 하며 울고 있을 겁니다. 우리와 마찬가지로 저들에게도 전쟁은 커다란 고통이지요. 여기는 아직 크게 힘들지는 않습니다. 저 사람들이 못되게 굴지 않고 또 자기들 집에서처럼 일도 해주기 때문입니다. 아시겠죠, 선생님. 불쌍한 사람들끼리는 서로 도와야 하는 겁니다…… 전쟁은 높은 분들이나 하는 거니까요."

코르뉘데는 정복자와 정복당한 사람들이 사이좋게 지내는 것에 분개해서 차라리 숙소에 있는 편이 낫겠다고 생각해 여인숙으로 발길을 돌렸다. 루아조가 우스갯소리 하나를 던졌다. "인구 하나 늘겠구먼." 카레라마동 씨는 의미심장하게 한마디를 덧붙였다. "저들이 잘못을 만회하고 있는 겁니다." 하지만 마부는 거기에도 없었다. 마침내 사람들은 그가 마을 카페에서 프로이센군 장교의 당번병과 사이좋게 앉아 있는 것을 찾아냈다. 백작이 그를 불렀다.

"8시에 마차에 말을 매라는 지시를 받지 않았소?"

"그랬습죠. 그런데 그다음에 다른 지시를 받았어요."

"어떤 지시를?"

"말을 절대 매지 말라더군요."

"누가 그렇게 지시했소?"

"물론! 프로이센 장교입지요."

"뭣 때문이오?"

"전 모릅니다. 가서 직접 물어보십시오. 저는 말을 매지 말라고 해서 안 맨 것뿐입니다."

“장교가 자네에게 직접 그렇게 말했나?”

“아닙니다. 여인숙 주인이 그의 지시라며 대신 전해주었지요.”

“언제 그랬나?”

“엊저녁, 제가 잠자리에 들려고 할 때였지요.”

세 남자는 잔뜩 불안해하며 여인숙으로 돌아왔다.

그들은 폴랑비 씨를 찾았지만, 하녀는 주인이 천식 때문에 10시 전에는 절대 일어나지 않는다고 했다. 불이 난 경우를 제외하고는 절대 일찍 깨우지 말라고 했다는 것이다.

장교를 만나려고 했지만 그것도 불가능했다. 같은 여인숙에 묵고 있다고 해도, 민간인과 관련된 일에 대해서는 오직 폴랑비 씨만 그를 면담할 수 있었다. 그래서 그들은 그냥 기다리기로 했다. 여자들은 방으로 다시 올라가서 허드렛일로 시간을 보냈다.

코르뉘데는 불꽃이 활활 타오르고 있는 식당의 큰 벽난로 아래쪽에 자리를 잡았다. 그는 그곳으로 작은 탁자 한 개와 맥주 한 병을 가져오게 하고는 담배 파이프를 꺼냈다. 그 파이프는 민주 인사들 사이에서 코르뉘데라는 인물만큼이나 중요한 대상이었다. 마치 이 파이프가 코르뉘데에게 유용하게 사용됨으로써 조국에 이바지하는 것처럼. 그것은 해포석으로 된 멋진 파이프였다. 손때가 묻어 주인의 이처럼 시커멓게 되었지만, 향기가 좋았고 적당히 구부러진 데다 윤기가 났으며 손에 감기는 것이 그의 외모의 일부처럼 보였다. 그는 때로 벽난로 속의 불꽃을, 때로는 맥주잔 윗부분을 장식하는 거품을 응시하면서 꼼짝 않고 있었다. 그러다 맥주를 한 모금 들이켠 다음에는 흐뭇한 표정을 지으며, 길고 야윈 손가락으로 기름 낀 머리카락을 쓸어 올리거나 콧수염에 매달린 맥주 거품을 들이빨았다.

루아조는 저린 다리를 풀어야겠다며 마을의 소매상들에게 포도주를 팔러 갔다. 백작과 공장주는 정치 한담을 시작했다. 그들은 프랑스가 앞으로 어떻게 될지 관측했다. 한 사람은 오를레앙파에게 지지를 보냈고, 다른 한 사람은 미지의 구원자, 모든 상황이 절망적일 때 나타나는 영웅을 기대했다. 게클랭*이나 잔 다르크 같은 사람

* Bertrand du Guesclin(1320~1380). 백년전쟁 초기에 활약한 프랑스 국민 영웅. 영국군의 렌시市 포위 공격을 막아내고 많은 전투에 참가했다.

이 등장할 것인가? 아니면 또 다른 나폴레옹 1세와 같은 사람일까? 아! 프랑스 황태자는 왜 이다지 어린지! 코르뉘데는 그들의 말을 들으면서 운명의 향배를 알고 있는 사람처럼 엷은 미소를 지었다. 그의 파이프에서 나는 연기 때문에 식당에 구수한 냄새가 가득 돌았다.

10시를 알리는 종소리가 들리자 폴랑비 씨가 나타났다. 모두 그에게 질문을 퍼부었다. 하지만 그는 똑같은 말만 두세 번 되풀이할 뿐이었다. "장교는 내게 이렇게 말했소. '폴랑비 씨, 내일 이 여행자들 마차에 말을 매지 못하게 하시오. 내 명령 없이는 그들은 출발할 수 없소. 알겠소. 이제 됐소'라고요."

그래서 사람들은 장교를 만나봐야겠다고 생각했다. 백작은 그에게 자신의 명함을 보냈다. 카레라마동 씨는 거기에 자기 이름과 모든 직함을 추가로 적어 넣었다. 프로이센 장교는 점심을 먹고 나면 1시쯤이 될 거고, 그때 둘과의 면담을 허락한다는 회답을 보내왔다.

부인들이 다시 나타났다. 그녀들은 불안한 분위기에서도 약간씩 식사를 했다. 비곗덩어리는 몸에 병이 난 것 같았고 무척 당황스러워 보였다.

커피를 다 마셔갈 즈음, 당번병이 와서 약속한 두 사람을 찾았다.

루아조가 그 두 사람과 합류했다. 사람들은 코르뉘데도 함께 가면 그들의 면담이 좀더 무게를 갖게 될 것으로 보고 그를 데리고 가려 했다. 하지만 그는 프로이센인들과 어떤 관계도 맺고 싶지 않다며 거만하게 거절했다. 그는 맥주 한 병을 더 주문하고는 벽난로 곁 자기 자리로 돌아가버렸다.

세 남자는 2층으로 올라가 여인숙에서 가장 좋은 방으로 안내되었다. 장교는 안락의자에 길게 누워 벽난로에 발을 올려놓은 채 그들을 맞았다. 도자기로 된 긴 파이프로 담배를 피우며, 알록달록한 실내복을 둘러쓰듯 입고 있었다. 저속한 취향의 어떤 부르주아가 버리고 떠난 집에서 훔쳐 온 것이 분명해 보였다. 그는 일어나거나 인사하기는커녕 그들을 거들떠보지도 않았다. 전쟁에서 승리한 군인들이 보이는 무례한 언동의 전형적인 예였다.

잠시 후 드디어 그가 입을 열었다.

"할 말이 뭐요?"

백작이 말머리를 잡았다.

"우리는 출발하고 싶습니다, 장교님."

"안 됩니다."

"이유가 무엇인지 여쭤봐도 될까요?"

"내가 원하지 않기 때문이오."

"장교님, 삼가 말씀드리자면, 총사령관께서 우리에게 디에프까지 갈 수 있는 여행 허가증을 발급해주셨습니다. 그리고 저희는 장교님의 거절을 살 만한 일은 하지 않았다고 생각합니다."

"내가 원치 않아요…… 그뿐이오…… 내려들 가시오."

세 사람은 허리를 굽혀 인사를 하고 방에서 물러 나왔다.

오후 내내 모두 기분이 엉망이었다. 프로이센군 장교가 왜 이런 변덕을 부리는지 도무지 이해할 수 없었다. 별의별 생각들이 머릿속을 어지럽혔다. 그들은 주방에 모여 온갖 억측들을 떠올리며 끝없이 의견을 나누었다. 인질로 붙잡아두려는 것일까? 하지만 무엇 때문에? 혹시 그들을 포로로 데려가려고? 그것도 아니면 엄청난 몸값을 요구하려는 것일까? 이런 생각에 이르자 그들은 공황 상태에 빠졌다. 돈이 가장 많은 사람들이 가장 겁에 질린 표정을 지었다. 목숨을 건지기 위해 이 무례한 군인의 손에 금화가 가득 든 돈 자루를 쥐여주는 자신들의 모습이 그려지는 듯했다. 그들은 그럴듯한 거짓말을 둘러대 재산을 숨기고, 가장 가난한 사람인 것처럼 보이려고 머리를 쥐어짰다. 루아조는 자신의 손목시계 줄을 떼어 호주머니 속에 감추었다. 밤이 깊어가면서 그들의 불안도 깊어졌다. 램프가 켜졌다. 저녁 식사까지는 아직 두 시간이 남았다. 루아조 부인은 31점 맞추기 카드놀이를 제안했다. 기분이 조금 나아질 것 같아서 모두 그러자고 했다. 코르뉘데도 예의상 담배를 끄고 참여했다.

백작이 카드를 섞어 패를 돌렸다. 비곗덩어리가 단번에 31점을 채웠다. 카드놀이의 재미가 사람들의 머릿속에 맴돌이치던 불안을 잊게 했다. 하지만 코르뉘데는 루아조 부부가 서로 짜고 속임수를 쓴다는 것을 알아챘다.

사람들이 저녁 식사를 하기 위해 식탁에 앉으려는데, 폴랑비 씨가 다시 나타나 갈라진 목소리로 말했다. "프로이센 장교가 엘리자베트 루세 양에게 아직도 생각이 바뀌지 않았는지 물어보라고 합니다."

비곗덩어리는 얼굴이 백지장처럼 창백해져 우두커니

서 있었다. 그러다가 갑자기 얼굴이 새빨개지더니 분노로 목이 메어 말을 잇지 못했다. 마침내 그녀가 말문을 떼었다. "그 더럽고 냄새나고 차마 입에 올리기도 역겨운 프로이센 놈한테 말하세요. 절대로 응하지 않겠다고. 아시겠어요. 절대, 절대, 절대로."

뚱뚱한 여인숙 주인은 밖으로 나갔다. 그러자 사람들이 비곗덩어리 주위로 모여들었다. 그들은 엊저녁 그녀가 불려가서 무슨 일이 있었는지 알아보려고 질문 세례를 쏟아냈다. 처음에 그녀는 대답하지 않으려 했다. 하지만 끓어오르는 부아를 삭이지 못해 이내 말을 꺼내고 말았다. "그 작자가 뭘 원하느냐, 그놈이 뭘 원하느냐고요?…… 나랑 자고 싶답니다!" 그녀가 소리를 질렀다. 아무도 그 말에 놀라지 않았다. 그만큼 분노가 사람들의 마음을 가득 메웠던 것이다. 코르뉘데가 맥주잔을 탁자에 너무 세게 내려놓는 바람에 잔이 깨졌다. 비열하고 파렴치한 이 군인에 대해 비난의 함성과 분노의 한숨이 여기저기서 터져 나왔고, 마치 그녀에게 요구하는 희생이 자기들에게도 해당되는 것처럼 모두가 아우성쳤다. 백작은 역겨워하며 그자들이 옛 야만인들처럼 행동한다고 말했다. 특히 여자들은 비곗덩어리에게 격렬하면서도 귀가 간지러운 동정을 표시했다. 식사 때만 모습을 드러내는 수녀들은 고개를 숙이고 아무 말도 하지 않았다.

처음의 분노가 수그러들자 어쨌든 모두 저녁 식사를 했다. 그러나 말은 거의 하지 않은 채 각자 생각에 잠겼다.

부인들은 일찌감치 방으로 물러갔고, 남자들은 담배를 피우면서 에카르테* 카드 게임을 벌여 거기에 폴랑비씨도 함께 초대했다. 장교의 저항을 무너뜨리려면 어떻게 하면 좋을지 넌지시 물어볼 심산이었다. 하지만 그는 카드 패만 생각할 뿐 다른 사람 말에는 귀를 기울이지도 대꾸를 하지도 않았다. 그리고 이 말만 되풀이했다. "게임이나 합시다, 여러분. 게임이나 해요." 그는 카드놀이에 열중한 나머지 가래 뱉는 것도 잊어버렸다. 그 때문에 가끔 그의 가슴에서 풍금 페달 밟는 소리가 났다. 쌕쌕거리는 그의 폐는 가장 낮고 깊은 소리에서부터 울려

* 유커euchre(2~4명이 하는 카드 게임)의 일종. 구경꾼들 사이에서도 보통 부수적인 내기가 행해진다. 이 게임은 19세기에 프랑스와 영국에서 유행했으나, 그 후 사양길에 접어들었다.

고 애쓰는 어린 수탉의 목소리처럼 찢어질 듯한 쉰 목소리까지 모든 음계를 다 냈다.

심지어 그는 아내가 졸다 말고 그를 데리러 왔는데도 올라가지 않으려 했다. 결국 그녀는 혼자 자러 갔다. 그녀는 항상 해 뜰 때 일어나는 '아침형 인간'인 반면, 그녀의 남편은 언제나 친구들과 밤새워 놀 준비가 되어 있는 '저녁형 인간'이었기 때문이다. 그가 아내를 보고 소리 질렀다. "당신, 내 에그밀크*나 불 앞에 놔줘요." 그러고는 다시 카드놀이에 몰두했다. 폴랑비 씨에게 더 이상 아무것도 얻어낼 게 없다는 것을 알았을 때, 사람들은 이제 잘 시간이라고 말하고는 각자 자기 방으로 돌아갔다.

다음 날에도 사람들은 확실치 않은 희망을 갖고 꽤 이른 시간에 잠자리에서 일어났다. 떠나고 싶은 바람은 더 커지고, 이 작은 여인숙에서 시간을 보내야 하는 두려움은 더 심해졌다.

이런, 맙소사! 말들은 마구간에 여전히 있었고, 마부는 보이지 않았다. 사람들은 달리 어찌할 도리가 없어서

* lait de poule. 뜨거운 우유에 계란 노른자를 푼 음료.

마차 주위를 맴돌았다.

점심 식사는 스산하고 쓸쓸했다. 비곗덩어리를 보는 사람들의 눈이 냉랭해졌다. 중요한 결정은 하룻밤 더 숙고한 뒤 내리는 게 좋다는 말이 있다지만, 그새 사람들의 판단이 조금 바뀌었기 때문이다. 이 여자가 밤사이 몰래 프로이센군 장교를 찾아가, 모두가 잠에서 깨었을 때 깜짝 놀랄 만한 기쁜 소식을 들을 수 있었다면 좋았으련만. 하지만 그런 일은 일어나지 않았고, 그렇게 하지 않은 뚱보 아가씨를 원망하는 눈치가 지금은 역력했다. 그보다 더 간단한 방법이 뭐가 있겠는가? 게다가 누가 그걸 알겠는가? 장교한테는 다른 사람들이 겪는 고통을 더 이상 두고 볼 수 없어서 왔다고 하면 체면을 살릴 수 있었을 것이다. 그녀에게 이 정도 일은 아무것도 아닐 거였다!

그러나 아직은 아무도 이런 생각을 터놓고 말하지 않았다.

오후가 되어 지루함을 견디기 어려운 지경이 되자, 백작이 마을 주변을 산책하자는 제안을 했다. 불 가까이 있는 게 더 좋다는 코르뉘데와 성당과 사제관에서 시간을 보내겠다는 수녀들을 제외하고, 나머지 사람들은 옷을 단단히 챙겨 입고 작게 무리 지어 출발했다.

나날이 심해지는 추위에 코와 귀가 에일 것 같았다. 발이 너무 시려 내딛는 걸음걸음이 고통이었다. 들판이 나타났을 때, 끝없이 펼쳐진 백색의 눈 바다가 무서울 정도로 을씨년스러워서, 사람들은 모두 얼어붙은 마음과 조여드는 가슴을 안고 그길로 발길을 돌렸다.

여자 네 명이 앞장서 걷고, 세 명의 남자가 약간 떨어져 뒤를 따랐다.

상황을 간파한 루아조가 갑자기 “저 못된 년”이 언제까지 우리를 이따위 장소에 머물게 할 셈인지 물었다. 언제나 의젓한 위엄을 잃지 않는 백작은 비곗덩어리에게 그 같은 고통스러운 희생을 강요할 수는 없는 것이라며, 그녀 스스로 결심하지 않으면 안 된다고 말했다. 카레라마동 씨는 만일 소문대로 프랑스군이 디에프를 통해 반격을 가하고 있다면 양측이 서로 맞붙어 싸울 곳은 토트가 될 수밖에 없을 것이라는 점을 상기시켰다. 이 말로 다른 두 사람은 더 크게 근심했다. “걸어서 이곳을 빠져나가면 어떨까요?” 루아조가 말했다. 백작은 어깨를 으쓱했다. "이 눈 속에? 여자들을 데리고? 그게 가당키나 하겠소? 아마도 당장 추적당해 10분도 안 돼 붙잡혀 군인들 손아귀에 맡겨질 거요." 딴은 맞는 말이었다. 아무도 무어라고 대꾸하지 않았다.

부인들은 몸치장 이야기를 했다. 하지만 뭔가 거북한 것이 그들 사이를 서먹하게 하는 것 같았다.

갑자기 저쪽 길 끝에서 장교가 나타났다. 지평선을 보기 힘들 정도의 거센 눈발 위로 제복 차림에 허리가 잘록하고 키가 큰 그의 윤곽이 뚜렷이 드러났다. 그는 정성 들여 닦은 군화를 더럽히지 않으려고 애쓰는 군인들 특유의 팔자걸음을 하고 무릎을 벌리며 어색하게 걸어오고 있었다.

그는 부인들 곁을 지나면서 고개 숙여 인사했다. 그런 다음 모자를 벗지 않고 꿋꿋하게 응대하고 있는 남자들을 경멸하는 눈초리로 바라보았다. 유독 루아조만 머리에 쓴 것을 벗는 시늉을 했다.

비곗덩어리는 귀까지 벌게졌다. 결혼한 세 부인은 그 장교가 그렇게 무례하게 대한 이 매춘부와 함께 있는 상황이 몹시 창피했다.

사람들은 그의 말투와 이목구비 등 그에 관한 이야기를 했다. 많은 장교를 알고 있고, 그들을 평가하는 나름의 안목이 있는 카레라마동 부인은 그 프로이센 장교가 꽤 괜찮은 장교라고 말했다. 심지어 그가 프랑스인이 아닌 것을 아쉽게 여기기까지 했다. 프랑스인이었다면 분명 모든 여자가 혹할 만한, 강하고 멋진 경기병이 되었을 거라는 게 이유였다.

일단 여인숙으로 돌아왔지만, 그들은 더 이상 무엇을 해야 할지 몰랐다. 대수롭지 않은 일에도 서로 날 선 말들이 오갔다. 별말 없이 저녁 식사는 빨리 끝났다. 그리고 각자 잠자리에 들기 위해 방으로 올라갔다. 무료하고 답답한 시간을 잠으로 죽일 요량이었다.

다음 날, 사람들은 모두 초췌하고 짜증스러운 얼굴로 내려왔다. 여자들은 비곗덩어리에게 말을 거의 붙이지 않았다.

종소리가 울렸다. 세례식을 알리는 종소리였다. 비곗덩어리에게는 이브토의 농부 집에 맡겨 키우는 아이가 한 명 있었다. 그녀는 1년에 한 번 그 아이를 볼까 말까 했고, 특별히 따로 생각해본 적도 없었다. 그런데 이제

곧 세례를 받을 아이 생각을 하자, 갑자기 자기 아이에 대한 뜨거운 애정이 마음속에서 솟아올랐다. 그녀는 무슨 일이 있어도 그 세례식에 꼭 참석하고 싶어졌다.

그녀가 떠나자 사람들은 서로서로 쳐다보며 의자를 당겨 앉았다. 뭔가 결정을 내리지 않으면 안 되겠다고 생각했기 때문이다. 루아조가 갑자기 좋은 생각이 떠올랐다고 말했다. 비곗덩어리만 붙잡아두고 다른 사람들은 떠나게 해달라고 장교에게 말해보자는 것이었다.

폴랑비 씨가 다시 한번 심부름을 맡아 장교를 보러 올라갔다가 곧장 내려왔다. 인간의 본성을 잘 알고 있는 그 프로이센인이 퇴짜를 놓은 것이다. 그는 자신이 바라는 것을 이루지 못하는 한 모두를 붙잡아둘 심산인 것 같았다.

그러자 루아조 부인의 저속함이 폭발하고 말았다. "그래도 우리가 여기서 늙어 죽을 수는 없잖아요. 모든 남자와 그 짓을 하는 게 빌어먹을 그 여자의 직업인데, 그 여자에게 어떤 사람은 받고 어떤 사람은 안 받을 권리 따위가 있어요? 글쎄, 루앙에서는 그 누구와도 다 잤다는 거예요. 심지어 마부들과도요. 그래요, 부인, 도청 마부 말이에요! 전 그자를 잘 압니다. 우리 집에서 포도주를 사 가거든요. 그래 놓고는 오늘처럼 우리가 궁지에서 벗어나느냐 마느냐 하는 마당에, 저 못된 것이 비싸게 굴고 있으니, 앙큼한 년! 시쳇말로 장교는 처신을 잘하고 있다고 생각해요. 그는 아마도 여자 맛을 본 지 오래되었을 거예요. 어쩌면 여기 있는 우리 셋을 더 맘에 들어 했을지도 모르죠. 그런데도 그는 아무 남자나 상대하는 저 여자에게 만족하기로 한 거예요. 유부녀를 존중하겠다는 거죠. 생각해보세요. 이를테면 그는 정복자예요. 그가 '내 마음이야'라면서 병사들을 동원해 우리를 겁탈할 수도 있는 거라고요."

두 여자는 오스스 몸을 떨었다. 예쁜 카레라마동 부인의 눈에 빛이 번쩍였다. 그녀는 마치 그 장교에게 이미 겁탈당했다고 느끼는 모양인지 낯빛이 약간 파리해졌다.

조금 떨어진 곳에서 의견을 나누던 남자들이 가까이 다가왔다. 루아조는 잔뜩 화가 돋워진 목소리로 "이 하찮은 년"의 손발을 묶어 적에게 바치자고 했다. 3대에 걸쳐 대사를 지낸 가문 출신이자 외교관의 풍모를 한 백작은 수완을 발휘해야 한다고 했다. "그녀가 스스로 마음먹도록 해야지요"라고 그가 말했다.

그리하여 사람들은 계획을 짜기 시작했다.

여자들은 서로 바싹 다가앉아 목소리를 낮추었다. 이윽고 남녀가 함께 토론에 뛰어들었고 저마다 의견을 내놓았다. 물론 이 모든 것은 예의 바른 분위기 속에서 이루어졌다. 부인들은 가장 음란한 것들을 말하면서도 미묘한 어투, 귀를 사로잡는 세련된 표현을 구사했다. 모르는 사람이 들었다면 무슨 말인지 알아듣지 못했을 것이다. 그 정도로 신중에 신중을 기하고 있었다. 그러나 사교계 여인들이 걸치고 있는 정숙이라는 얇은 베일은 기껏해야 표면만 가리고 있을 뿐이었다. 그녀들은 이 낯뜨겁고 천박한 모험에 기분이 달아올라 마음속으로는 미칠 것 같은 쾌감을 느꼈다. 마치 식도락을 즐기는 요리사가 다른 사람의 밤참을 준비하면서 느끼는 것과 같은 감각적 쾌락으로 남녀의 사랑 문제를 만지작거렸다.

분위기가 다시금 유쾌해졌다. 마지막 대목에서는 다들 무척이나 재미있어했다. 백작은 약간 음탕한 농담을 구사했지만 하도 말을 잘해서 여자들이 연신 웃었다. 이어서 루아조가 조금 더 외설스러운 발언을 몇 개 던졌지만 아무도 기분 나빠하지 않았다. 오히려 그의 아내가 불쑥 꺼낸 말이 모든 사람의 생각을 사로잡았다. “그게 그 여자의 직업인데, 왜 다른 사람은 되고 저 사람은 안 된다는 건가요?” 얌전한 카레라마동 부인은 자기라면 다른 사람보다는 오히려 그 장교를 선택하겠다는 생각까지 하는 것 같았다.

사람들은 포위된 요새를 공격하듯이 오랫동안 포위공격을 준비했다. 각자 자신이 맡을 역할과 내세울 논리, 실행에 옮길 행동을 정했다. 비곗덩어리라는 살아있는 성채가 적을 품 안에 받아들이게 하기 위해 공격계획과 사용 술책 그리고 기습 작전을 조율했다.

그러나 코르뉘데는 홀로 떨어져 앉아서 이 일에 관심조차 두지 않았다.

모두 논의에 골몰하느라 비곗덩어리가 들어오는 소리를 전혀 듣지 못했다. 백작이 작게 “쉿!” 하는 소리를 내뱉는 바람에 그제야 고개를 들었다. 그녀가 와 있었다. 그들은 갑자기 하던 말을 뚝 끊었다. 처음에는 당혹스러워 아무도 그녀에게 말을 못 꺼냈다. 사교계의 이중적인 행동에 그 누구보다 익숙한 백작 부인이 그녀에게 물었다. "세례식은 재미있었나요?"

뚱보 아가씨는 아직도 그 감동에 젖어 있었기에, 그곳에 온 사람들의 표정과 태도, 성당의 외양까지 모든 것을 이야기했다. 그러고는 이렇게 덧붙였다. "이따금 기도를 드리는 것은 너무 좋은 일이에요."

부인들은 그녀가 자신들의 조언을 잘 믿고 따르게 하려고, 점심 식사 때까지는 모두 그녀에게 친절히 대했다.

식탁에 앉자마자 그들은 곧바로 작전에 돌입했다. 처음에는 헌신을 주제로 하여 막연한 대화가 오갔다. 고대의 예들이 많이 인용되었다. 유디트와 홀로페르네스 그리고 생뚱맞게 루크레티아와 섹스투스의 이야기가 나왔다. 모든 적장을 침실로 끌어들여 그들을 노예처럼 복종하게 만든 클레오파트라 등, 무식한 백만장자들의 상상력이 만들어낸 황당무계한 이야기들이 펼쳐졌다. 그들은 로마의 여인들이 카푸에 가서 한니발과 그의 부관 및 용병들을 자신들의 품 안에서 잠들게 했다고 주장했다. 또한 자신의 몸을 싸움터로, 지배 수단으로, 무기로 삼아 정복자를 막아낸 여인들, 영웅적인 애무로 흉측하고 가증스러운 인간들을 굴복시키고 복수와 헌신을 위해 자신의 정조를 바친 여인들의 이야기를 쉬지 않고 늘어 놓았다.

심지어 그들은 애매모호한 표현을 써가며 명문가 출신의 어느 영국 여자 이야기까지 했다. 나폴레옹에게 끔찍한 전염병을 옮기기 위해 스스로 그 병균을 자신에게 접종했지만, 운명적인 밀회의 순간에 갑자기 황제의 성기능이 감소하여 기적적으로 살아남았다는.

이 모든 이야기는 때때로 경쟁심을 부추기기 위해 일부러 감탄을 터뜨리기도 했지만, 대부분 예의 바르고 절제 있게 입에 오르내렸다.

급기야 나중에는 여자가 이 세상에서 담당할 유일한 역할은 자기를 끝없이 희생하는 것, 군인들의 일시적 기분에 자기 몸을 내맡기는 것이라고 생각할 지경에 이르렀다.

수녀 두 명은 깊은 생각에 잠겨 아무것도 듣지 않는 것 같았다. 비곗덩어리는 아무 말도 하지 않았다.

사람들은 그녀에게 생각할 시간을 주기 위해 오후 내내 그녀를 내버려 두었다. 하지만 그녀를 부를 때, 이제껏 했던 것처럼 "부인"이라고 하지 않고 "아가씨"라고만

했다. 아무도 그 이유를 정확히 몰랐지만, 어쩌면 그녀를 존중받던 단계에서 한 단계 끌어내려 그녀에게 자신의 부끄러운 위치를 자각하게 하려는 의도 같았다.

포타주*가 나왔을 때 폴랑비 씨가 다시 나타나 간밤에 했던 말을 되풀이했다. "프로이센 장교가 엘리자베트 루세 양에게 아직도 생각이 바뀌지 않았는지 물어보라고 합니다."

비곗덩어리는 퉁명스럽게 대답했다. "아니요, 아저씨."

저녁 식사 때에는 결속감이 약해졌다. 루아조가 서너 마디 엉뚱한 말을 했다. 저마다 새로운 사례를 찾으려고 애썼지만, 아무것도 발견하지 못했다. 그때 백작 부인이 사전에 미리 준비한 것은 아니지만, 막연히 종교에 경의를 표해야겠다는 필요를 느끼고 나이 많은 수녀에게 성인열전에 관해 물었다. 성인 중에는 우리가 보기에 범죄라고 여길 만한 행동을 저지른 사람도 많았다. 그러나 교회는 이 잘못들이 하느님의 영광이나 이웃의 행복을 위해 이뤄진 것이라면 큰 죄라도 쉽게 용서했다. 이

* 고기·채소 따위를 넣어서 진하게 끓인 수프

것은 대단히 강력한 논거가 될 수 있었고, 백작 부인은 그것을 활용하고자 했다. 그러자 성직자의 옷을 입은 사람이라면 누구나 갖고 있는 암묵적인 합의나 모호한 배려 때문인지, 아니면 단순히 행복한 무지이거나 무턱대고 남을 돕겠다는 어리석음 때문인지, 늙은 수녀는 이들이 벌이는 음모에 강력한 빌미를 제공했다. 그때까지 그들은 그녀가 소심한 사람이라고 생각했는데, 알고 보니 그녀는 대담하고 말이 많고 거침이 없었다. 그녀는 궤변을 갖다 붙이려는 시도도 주저하지 않았다. 그녀의 신앙 원리는 강철처럼 확고했고 믿음에 흔들림이 없었으며 양심에 거리낌이 조금도 없었다. 그녀는 아브라함의 희생을 매우 당연한 것으로 생각했다. 그녀는 하늘에서 온 명령이라면 부모라도 당장 죽일 수 있다고 했다. 그녀 생각으로는, 뜻이 갸륵하다면 주님을 기쁘게 하지 않을 것이 아무것도 없었다. 백작 부인은 생각지도 않던 이 공조자의 거룩한 권위를 십분 활용하여, 그녀에게 "목적은 수단을 정당화한다"라는 격언을 교훈으로 삼아 한 차례 설교를 하도록 만들었다.

부인이 수녀에게 물었다.

"그렇다면 수녀님. 동기가 순수하다면 하느님께서는 모든 수단을 용인하시고, 그 행위를 용서하신다고 생각합니까?"

"누가 그것을 의심할 수 있겠습니까, 부인? 그 자체로는 비난받을 행위도 그 의도가 좋으면 칭송받게 되는 경우가 종종 있습니다."

그녀들은 이런 식으로 하느님의 뜻을 가려내고, 하느님의 판단을 예측하며, 실제로는 하느님과 상관없는 것들에도 하느님을 갖다 붙이면서 대화를 계속했다.

이 모든 것은 교묘하고 은밀하게 포장되었다. 하지만 모자를 쓴 수녀가 하는 한마디 한마디는 매춘부의 분노 어린 저항에 조금씩 균열을 일으켰다. 대화는 약간 방향을 틀었고, 이제 묵주를 든 수녀는 자기 교단의 수녀원과 수녀원장, 그녀 자신 그리고 곁의 사랑스러운 생니세포르 수녀에 대해 이야기했다. 그녀들은 천연두에 걸린 수백 명의 군인을 돌봐달라는 요청을 받고 르아브르의 병원으로 가는 길이라고 했다. 그녀는 이 불쌍한 군인들의 처지와 함께 그들이 걸린 병을 자세히 설명했다. 그리고 프로이센 장교의 변덕 때문에 이렇게 붙들려 있는 동안, 그녀들이 구할 수도 있을 수많은 프랑스군 병사가 죽어갈지도 모른다고 덧붙였다. 늙은 수녀는 군인들을 간호하는 것이 맡은 바 임무라고 하면서, 크리미아 전쟁에도 갔고 이탈리아와 오스트리아에도 간 적이 있다고 했다. 자신이 펼친 활동에 대해 이야기하다가 갑자기 자신은 군대를 따라다니며 전투의 소용돌이 속에서 부상자들을 옮기고, 군기軍紀를 어긴 덩치 크고 드센 군인들을 한마디 말로 그들의 대장보다 더 잘 고분고분하게 만드는 그런 종군 수녀 가운데 한 명이라며 자기를 소개했다. 수없이 구멍이 패고 곳곳이 짓이겨진 진정한 수녀 랑탕플랑의 얼굴은 전쟁이 남긴 황폐함 그 자체로 느껴졌다.

그녀 다음으로는 아무도 말하는 사람이 없었다. 그만큼 그녀의 말이 효과적이었던 것이다.

식사가 끝나자 사람들은 서둘러 방으로 올라갔고, 다음 날 아침 늦게서야 다시 내려왔다.

점심 식사 동안은 조용했다. 사람들은 전날 뿌린 씨앗에 싹이 트고 열매가 맺기를 빌고 있었다.

백작 부인이 오후에 산보를 나가자고 제안했다. 백작

은 미리 정해진 대로 비곗덩어리의 팔을 잡고, 다른 사람들 뒤쪽에서 그녀와 함께 걸었다.

그는 친근하고 아버지 같으면서도 지위 높은 남자들이 매춘부들에게 사용하는 약간 얕보는 듯한 어투로 그녀에게 말했다. 그는 그녀를 '아가씨'라고 부르면서 자신의 사회적 지위와 자타가 공인하는 명망을 이용해 그녀를 다루었다. 그는 곧 문제의 핵심을 꺼냈다.

"그러니까 아가씨는 사는 동안 자신이 그토록 쉽게 베풀었던 친절 가운데 하나를 허락하기보다 프로이센군이 패배할 경우 저지를 온갖 폭력에 당신은 물론 우리까지 내맡긴 채, 이렇게 우리를 내팽개쳐 두고 싶은 거요?"

비곗덩어리는 아무 대꾸도 하지 않았다.

그는 그녀를 부드럽게 달래보고, 조리 있게 설명도 하고, 감정에 호소하기도 했다. 필요한 경우 상대를 치살리며 환심을 사려 했고, 은근히 비위를 맞추며 다정하게 굴면서도 "백작님"으로 처신할 줄도 알았다. 그는 그녀가 자기들에게 베풀어줄 호의를 떠벌리고, 그들이 갖게 될 감사의 마음에 관해서도 이야기했다. 그러다가 갑자기 기분이 좋아져서 반말 투로 말했다. "이봐, 아가씨,

그자가 사기 나라에서는 좀처럼 볼 수 없는, 어마어마하게 예쁜 아가씨를 맛보았다고 자랑할지도 모르는 일이잖아."

비곗덩어리는 아무런 대답도 하지 않은 채 일행과 합류했다.

여인숙으로 돌아오자마자 그녀는 곧장 자기 방으로 올라가더니 다시 나타나지 않았다. 사람들의 불안이 최고조에 달했다. 도대체 그녀는 어쩌려는 것일까? 그녀가 계속 버틴다면 낭패이지 않은가!

저녁 식사 시간을 알리는 종소리가 울렸다. 사람들은 그녀를 기다렸지만 그녀는 나타나지 않았다. 그때 폴랑비 씨가 들어와 루세 양은 몸이 불편한 모양이니 먼저 식사하시는 게 좋겠다고 말했다. 모두 귀를 쫑긋 세웠다. 백작이 다가가 낮은 소리로 "된 거요?"라고 물었고, "예" 하는 대답이 나왔다. 예의상 백작은 함께 있는 사람들에게 아무 말도 하지 않고 그저 고개만 끄덕여 보였다. 그러자 여기저기서 안도의 긴 한숨이 터져 나왔고, 얼굴에는 기쁨의 빛이 넘쳐흘렀다. 루아조가 큰 소리로 말했다. "얼씨구! 이 집에 샴페인이 있으면 내가 쏘겠소." 여인숙 주인이 샴페인 네 병을 손에 들고 나타나는 바람에 루아조 부인은 불안감에 휩싸였다. 어느새 모두 말문이 열리고 사방이 시끄러워졌다. 음탕한 즐거움에 가슴이 벅차올랐다. 백작은 카레라마동 부인이 매력적이라는 것을 알아차린 듯했고, 공장주는 백작 부인에게 찬사를 바쳤다. 대화는 활기차고 한껏 들떴으며 재치가 넘쳤다.

갑자기 루아조가 근심스러운 얼굴을 하더니 두 팔을 들어 올리면서 소리를 질렀다. "조용!" 모두 놀라 입을 다물었다. 벌써 겁에 질린 표정이었다. 루아조가 "쉿" 하며 두 손으로 귀를 세우고 천장을 올려다보며 다시 귀를 기울였다. 그런 다음 평소의 목소리로 돌아와 이렇게 말했다.

"안심들 하세요. 모든 게 잘돼가고 있습니다."

사람들은 그 말을 어떻게 이해해야 할지 몰라 주춤하다가 이윽고 얼굴에 미소를 지었다. 15분쯤 지나자 루아조는 다시 똑같은 익살을 떨었고 저녁 내내 몇 번이나 그 짓을 되풀이했다. 그는 위층의 누군가를 부르는 시늉을 하더니, 왕년에 외판원이었던 경험에서 나온 중의적 표현을 사용하여 충고 같은 걸 던졌다. 때로는 슬픈 표정으로 "불쌍한 아가씨!" 하면서 한숨을 짓거나, 때로는 이를 악물고 분노의 표정으로 "거지 같은 프로이센 놈, 꺼져!" 하기도 했다. 그리고 이따금 아무도 그 일을 생각하고 있지 않을 때, 갑자기 떨리는 목소리로 몇 번이고 "그만 됐어! 그만 됐어!"라고 내뱉기도 하고 혼잣말로 이렇게 덧붙이기도 했다. "아가씨를 다시 볼 수 있어야 할 텐데. 그 비열한 놈이 그녀를 죽이지는 말아야 할 텐데!"

하나같이 역겨운 수준의 농담이었지만, 모두 웃어넘겼고 누구도 상처 입지 않았다. 왜냐하면 분하게 여긴다는 것도 다른 것과 마찬가지로 처한 상황에 따라 달라지기 마련인데, 그들 주위에 형성된 지금의 분위기는 음탕한 생각들로 가득 차 있었기 때문이다.

후식을 먹을 때는 여자들마저 재치 있고 은근한 암시로 이야기했다. 모두의 눈이 빤짝거렸다. 사람들은 술을 많이 마셨다. 손에 든 카드를 버려야 하는 상황에서도 근엄한 모습을 잃지 않던 백작은, 북극에서 겨울이 끝나고 남쪽으로 향하는 길이 열리는 것을 보게 된 난파선 선원의 기쁨을 표현하는 비유를 떠올리고 흐뭇해했다.

술이 오른 루아조는 한 손에 샴페인 잔을 들고 일어나

외쳤다. "우리의 해방을 위해 건배!" 모두 자리에서 일어나 그에게 갈채를 보냈다. 두 명의 수녀는 부인들의 권유를 받아 한 번도 맛본 적 없는, 거품 이는 포도주에 기꺼이 입술을 적셨다. 그녀들은 이 음료가 탄산이 든 레모네이드 같지만 더 세련된 맛이라고 말했다.

루아조가 현재 상황을 다음과 같이 요약했다. "카드리유*를 추고 싶은데, 피아노가 없어 유감이군."

코르뉘데는 한마디도 하지 않았고 미동조차 하지 않았다. 그는 무척 심각한 생각에 잠긴 듯했다. 이따금 화난 사람의 손짓으로 자신의 긴 수염을 더 늘이려는 듯 잡아당기기도 했다. 마침내 자정 무렵이 되어 사람들이 헤어지려 할 때, 비틀거리던 루아조가 갑자기 자신의 배를 툭 때리며 알아들을 수 없는 말을 중얼거렸다. "당신은 오늘 저녁이 영 재미없나 봐. 왜 아무 말도 없소, 시민 나으리?" 그러자 코르뉘데가 갑자기 고개를 쳐들더니 이글이글 불타는 눈으로 좌중을 무섭게 훑어보며 말했다. "당신들 모두, 오늘 파렴치한 짓을 한 거요." 그는

* quadrille. 네 사람이 한 조가 되어 서로 마주 보며 추는 프랑스 춤. 나폴레옹 1세의 궁정에서 비롯되었는데 19세기 무렵 전 유럽에서 유행했다.

자리에서 일어나 문 쪽으로 가더니 다시 그 말을 되풀이 했다. "파렴치한 짓 말이오!" 그러고는 나가버렸다.

떠들썩하던 장내는 일순간 찬물을 끼얹은 듯 조용해졌다. 루아조는 어안이 벙벙해서 멍하게 서 있었다. 하지만 이내 침착함을 되찾고 몸을 뒤틀며 이런 말을 되풀이했다. "저건 너무 시어, 이 친구야, 너무 시단 말이야."* 사람들이 무슨 말인지를 이해하지 못하자, 그는 며칠 전 밤에 일어난 "복도의 미스터리"에 대해 이야기했다. 그러자 유쾌한 분위기가 되살아났다. 부인들은 미친 여자들처럼 재미있어했다. 백작과 카레라마동 씨는 하도 심하게 웃어서 눈에 눈물까지 고였다. 그들은 믿어지지 않는다고 했다.

"도대체 어떻게 그런 일이! 분명히 봤다고요! 그 사람이……"

"제가 봤다니까요."

"그런데 그녀가 싫다고 했다고……"

* 라퐁텐의 우화 「여우와 포도」에 나오는 이야기. 탐스러운 포도송이가 너무 높게 매달려 있어서 도저히 딸 수가 없자 여우가 포기하고 돌아서면서 한 말. "저 포도는 시어 빠져서 먹을 수 없을 거야."

"프로이센 장교가 옆방에 있다고 하면서요."

"설마 그럴 리가?"

"맹세한다니까요."

백작은 너무 웃겨 숨이 막힐 지경이었다. 공장주는 두 손으로 배를 움켜쥐었다. 루아조가 계속 말했다.

"그러니, 아시겠죠, 오늘 저녁, 저 사람은 그 여자 일이 탐탁지 않았을 거예요. 암, 그렇고말고."

세 사람은 배가 아프고 숨이 가쁘고 기침까지 나올 정도로 한바탕 웃어 젖혔다.

그러고 나서 그들은 모두 헤어졌다. 쐐기풀 같은 성미의 루아조 부인은 잠자리에 들면서 남편에게 저 작은 "얌체 같은 여자" 카레라마동 부인이 저녁 내내 쓴웃음을 지었다고 일러주었다. "당신도 알겠지만, 군복 입은 남자를 좋아하는 여자들은, 그놈이 프랑스 사람이든 프로이센 사람이든 상관없나 봐요. 참으로 한심한 일 아녜요!"

어두운 복도에서는 밤새도록 들릴 듯 말듯 떨리는 소리, 가벼운 소리가 들렸다. 무슨 숨소리 같기도 하고, 맨발이 닿는 소리나 뭔가가 미세하게 삐걱거리는 소리 같기도 했다. 가느다란 몇 줄기 불빛이 오랫동안 문 밑으로 새어 나온 걸 보면, 모두 새벽 늦게야 겨우 잠이 든 것이 분명했다. 샴페인에는 잠을 설치게 하는 그런 효과가 있다고들 한다.

다음 날, 겨울의 밝은 햇살이 흰 눈을 비춰 더욱 눈이 부셨다. 드디어 말이 매인 승합마차가 문 앞에 대기하고 있었다. 흰 비둘기 한 무리가 촘촘하게 깃털이 난 목을 뒤로 젖힌 채, 한가운데 검은 점이 박힌 분홍빛 눈을 반짝이며 말 여섯 마리의 다리 사이를 뒤뚱뒤뚱 오갔고, 김이 모락모락 나는 말똥을 헤치며 먹을 것을 찾기도 했다.

양가죽으로 몸을 감싼 마부가 자리에 앉아 파이프 담배를 피우고 있었고, 여행객들은 모두 얼굴 가득 화색을 띠고 나머지 여정을 위해 먹을 것을 서둘러 싸고 있었다.

이제 비곗덩어리만 기다리면 되었다. 이윽고 그녀가 나타났다.

그녀는 약간 당황하고 창피한 표정을 지으며 엉거주춤 일행 쪽으로 걸어왔다. 사람들은 마치 그녀를 알아보지 못한 것처럼 일제히 몸을 돌렸다. 백작은 품위 있는 태도로 아내의 팔을 잡아끌어 이 불결한 접촉으로부터 아내를 떼어놓으려 했다.

뚱보 아가씨는 뜻밖의 반응에 크게 놀라 걸음을 멈추었다. 그러고는 남은 용기를 겨우 그러모아 공장주의 아내에게 다가가 작은 목소리로 "안녕하세요, 부인" 하고 공손하게 인사했다. 상대방은 자신의 정절이 짓밟히기라도 한 듯한 눈빛으로 고개만 까딱하면서 무례하게 답인사를 했다. 모두 하던 일이 있기라도 한 듯, 마치 그녀가 치마폭에 전염병이라도 싸 들고 오기라도 한 듯 그녀에게서 멀찍이 떨어졌다. 사람들은 서둘러 마차 쪽으로 달려갔다. 그녀는 맨 마지막에 홀로 마차로 다가와 처음 여행할 때 앉은 그 자리에 말없이 앉았다.

사람들은 그녀를 못 본 척, 알지 못하는 척했다. 루아조 부인은 멀리서 잔뜩 화난 표정으로 그녀를 쳐다보면서 자기 남편에게 이렇게 소곤거렸다. "저 여자 옆이 아닌 게 다행이에요."

묵직해진 마차가 움직이기 시작했고, 다시 여행이 시작되었다.

처음에는 다들 아무 말 없이 가만히 있었다. 비곗덩어리는 눈을 들 엄두가 나지 않았다. 그녀는 옆에 있는 사람들에게 화가 났고, 자신이 굴복했다는 사실에 모욕을 느꼈다. 그들의 위선에 속아 넘어가 프로이센 장교의 품에 던져졌으며, 그의 애무로 온몸이 더럽혀졌다는 걸 깨달았다.

마침내 백작 부인이 카레라마동 부인 쪽으로 고개를 돌리면서 이 곤혹스러운 침묵을 깨뜨렸다.

"데트렐 부인 아시죠?"

"그럼요, 제 친구인걸요."

"정말 매력적인 여성이죠!"

"매혹적이죠. 품성도 상류층인 데다 교육도 많이 받았고, 손가락 끝까지 예술가 기질이 넘칩니다. 누구나 반할 만큼 노래를 잘 부르고 그림 솜씨도 완벽하지요."

공장주는 백작과 이야기를 나누었다. 마차 창문이 덜컹거리는 사이로 이따금 "배당권, 지불 기한, 시세 차액, 만기" 같은 낱말이 튀어 오르듯 귀에 들려왔다.

루아조는 여인숙에서 낡은 카드 한 벌을 훔쳐 왔다. 잘 닦지도 않은 탁자 위에서 5년 동안 문질러진 것이다 보니 카드엔 기름때가 잔뜩 끼어 있었다. 그 카드로 그는 자기 아내와 베지그 게임*을 했다.

수녀들은 허리춤에 매달려 있던 긴 묵주를 집어 들고

성호를 긋더니 갑자기 입술을 빨리 움직이기 시작했다. 속도는 점점 더 빨라졌고, 중얼중얼 분명치 않은 말소리도 입 밖으로 새어 나왔다. 마치 기도 시합이라도 하는 듯했다. 그러다가 이따금 성스럽고 둥근 패에 입을 맞추고, 새로 성호를 긋고, 빠른 어조로 한없이 중얼거림을 다시 시작했다.

코르뉘데는 생각에 잠겨 꼼짝도 하지 않았다.

세 시간쯤 길을 달린 후, 루아조가 카드를 한데 모으며 "슬슬 배가 고파오네" 하고 말을 꺼냈다.

그러자 그의 아내가 끈으로 동인 꾸러미 속에서 차가운 송아지 고기 한 덩이를 꺼냈다. 그녀는 그것을 적당히 얇게 썰어서 남편과 함께 먹기 시작했다. "저희도 먹을까요?" 백작 부인이 말했다. 사람들이 그 말에 맞장구를 치자 부인은 두 부부 몫으로 준비한 음식을 풀어놓았다. 뚜껑에 토끼 모양의 손잡이가 달려 있는 길쭉한 도자기 그릇에는 토끼고기 파테가 담겨 있었다. 음식 중에는 거무스름한 살 사이에 허연 비계가 강줄기처럼 박힌 불치 고

* 같은 조의 킹과 퀸으로 득점할 수 있는 매리지mariage 게임과 비슷한 카드놀이.

기도 있었고, 잘게 썰린 다른 고기도 섞여 있었다. 맛 좋은 그뤼예르산産 치즈가 덩어리째 신문지에 싸여 있기도 했다. 네모나고 미끈한 치즈 표면에는 신문에 쓰인 '사회면'이라는 글자가 인쇄한 것처럼 찍혀 있었다.

두 수녀는 둥글게 말린 마늘 향의 소시지 하나를 펼쳐 놓았다. 코르뉘데는 짧고 불룩한 외투의 큼지막한 주머니에 두 손을 동시에 찔러 넣더니 한 손에는 삶은 달걀 네 개를, 다른 손에는 빵 한 조각을 꺼내 보였다. 그는 달걀 껍데기를 벗겨 발밑 지푸라기 사이에 버리고 알을 우적거리며 씹었다. 텁수룩한 수염 위에 붙은 노른자위 부스러기가 마치 밝게 빛나는 별처럼 보였다.

비곗덩어리는 잠자리에서 급히 일어나 허둥지둥 나오는 바람에 먹을 걸 전혀 챙기지 못했다. 태연히 음식을 먹고 있는 사람들을 보고 있자니 속이 뒤집어지고 화가 치밀어 숨이 막힐 것 같았다. 처음에는 분노가 끓어 몸이 뒤틀릴 지경이었다. 그녀는 입을 열어 그들이 자기에게 한 짓에 대해 입술까지 차오른 욕지거리를 섞어 실컷 뱉어주고 싶었다. 하지만 너무 화가 난 나머지 목이 메어 아무 말도 나오지 않았다.

아무도 그녀에게 눈길을 주지 않았고, 누구도 그녀를 위해주려고도 하지 않았다. 겉보기에 멀쩡한 이 몰염치한 사람들의 경멸 속에 스스로 속수무책 빠져든 느낌이었다. 비곗덩어리는 희생양이 되어 더럽고 쓸모없는 물건처럼 내쳐진 것이다. 그녀는 문득 이들이 게걸스럽게 먹어 치운, 맛있는 음식들로 가득했던 자신의 커다란 바구니가 생각났다. 젤리로 번들거리던 닭 두 마리, 각종 파테와 배, 네 병의 보르도 포도주 등이 떠올랐다. 그러자 팽팽하게 당겨진 줄이 끊어지듯 갑자기 분노가 가라앉았다. 울음이 터지려고 했다. 그녀는 안간힘을 다해 온몸에 힘을 주고 어린애처럼 오열을 삼켰다. 그러나 눈물이 솟아올라 눈시울 주변이 번들거렸고 이내 두 줄기의 굵은 눈물방울이 뺨 위로 천천히 흘러내렸다. 뒤이어 마치 바위에서 물방울이 새어 나오듯 눈물방울들이 더 빠르게 흘러내려 그녀의 볼록한 젖무덤 위에 규칙적으로 떨어졌다. 비곗덩어리의 얼굴은 창백하게 굳어 있었다. 그녀는 눈길을 한곳에 모아 고정한 채 자세를 꼿꼿이 고쳐 앉았다. 사람들이 자신을 보지 않기를 바라면서.

그러나 백작 부인이 그것을 알아차리고 남편에게 몸

짓으로 알렸다. 백작은 "어쩌란 말이오? 내 잘못은 아니잖소"라고 말하기라도 하듯 어깨를 한번 들썩였다. 루아조 부인은 승리의 미소를 소리 없이 날리며 이렇게 중얼거렸다. "창피해서 우는 거예요."

두 명의 수녀는 남은 소시지를 종이에 조심스럽게 싸두고 다시 기도를 드리기 시작했다.

그때 달걀을 다 먹고 입을 우물거리던 코르뉘데가 맞은편 의자 아래로 긴 다리를 뻗고 몸을 뒤로 젖혀 팔짱을 끼고는 짓궂은 장난을 생각해낸 사람처럼 소리 없이 웃음을 지으며 휘파람으로 「라마르세예즈」를 불기 시작했다.

그 순간 사람들의 표정이 어두워졌다. 분명, 옆자리 사람들은 이 민중가요가 듣기 거북했다. 그들은 신경질적인 반응을 보이며 짜증을 냈다. 마치 배럴 오르간* 소리를 듣고 짖어대는 개처럼 고함이라도 칠 것 같은 기세였다.

코르뉘데는 그것을 알아차렸지만, 그치기는커녕 더러 더러 노랫말까지 부르며 콧노래를 흥얼거렸다.

* orgue de barbarie. 손잡이를 돌려 소리를 내는 휴대용 풍금.

조국에 대한 거룩한 사랑이여,
복수의 일념에 타는 우리의 팔을 인도하고, 떠받치라,
자유, 사랑하는 자유여,
그대의 수호자들과 함께 투쟁하라!

추워진 날씨에 쌓인 눈이 더 단단해졌고, 마차는 점점 더 빨리 내달렸다. 코르뉘데는 디에프까지 가는 길고도 침울한 여행 내내, 울퉁불퉁한 길을 달리면서, 밤이 되어 몹시 어두워진 마차 속에서도, 단조로운 복수의 휘파람을 악착스럽고 끈질기게 계속 불어댔다. 사람들은 그 소리에 싫증이 나고 짜증이 났지만 어쩔 수 없이 처음부터 끝까지 노래를 들어야 했고, 마디마디마다 노랫말을 되새겨야만 했다.

비곗덩어리는 여전히 울고 있었다. 그리고 이따금 노래의 소절 사이사이로 억제할 수 없는 그녀의 흐느낌 소리가 어둠 속으로 새어 나왔다.

아버지에게 묻고 싶은 이야기

기 드 모파상은 세계 문학사에서 위대한 단편소설가 중 한 사람으로 꼽힌다. 그와 어깨를 나란히 할 인물로 러시아의 안톤 체호프밖에 없다는 말이 있을 정도다. 그의 작품은 일상의 사건을 간결하고 짜임새 있게 서술하면서도 섬세하게 관찰하며 극적인 반전 효과를 거두기에 오늘날 많은 작가의 경탄의 대상이자 본받을 만한 교본이 되고 있다. 그는 1880년 「비곗덩어리」를 발표하며 문단의 주목을 받고, 마흔셋이라는 젊은 나이로 정신병원에서 숨지기까지 10여 년의 기간 동안 놀라운 정도의 창작력을 발휘하였다. 무려 300여 편에 이르는 중·단편과 여섯 편의 장편소설, 다섯 편의 희곡 그리고 시, 기행

문 등을 남겼다.

모파상은 1850년 8월 5일 프랑스 노르망디 지방의 항구 도시 디에프 근처의 미로메닐 성Château de Miromesnil에서 태어났다. 아버지 귀스타브 드 모파상은 하급 귀족 가문 출신으로 바람기 많은 평범한 시골 신사였던 반면, 어머니 로르 르 푸아트뱅은 부유한 중산계급의 딸로 외국어에 능통하고 문학을 사랑한 교양 있는 여성이었다.

1856년에는 남동생 에르베Hervé가 태어난다. 모파상의 부모는 성격 차이, 남편의 불성실과 낭비, 불륜으로 파경에 이르게 되고, 결국 모파상이 열 살 되던 1860년에 이혼한다. 부모의 불화는 훗날 모파상의 삶과 작품 세계에 지대한 영향을 끼친다. 그가 수많은 여인을 만났음에도 평생 독신으로 산 것은 결혼에 대한 부정적 생각 때문이었던 듯하다. 이 책에 실린 단편 「시몽의 아빠」 「아버지」를 비롯해 그의 많은 작품에는 불행한 결혼 생활, 어리석고 무책임한 남편과 아버지 없는 외로운 아이가 자주 등장한다.

모파상의 어머니는 모파상과 남동생 에르베를 데리

고 노르망디 해안의 에트르타에 정착해 살았다. 유년 시절 모파상은 노르망디의 바다와 대자연을 벗 삼아 "고삐 풀린 망아지"처럼 자유롭게 쏘다녔고, 이때 경험한 고향 산천과 시골 사람들의 성정과 습성, 쾌활함과 인색함 등은 그의 작품의 배경과 소재로 자주 나타난다.

모파상은 마을의 오부르Aubourg 신부에게서 수학, 그리스어, 라틴어 등을 배운 뒤 열세 살에 이브토의 신학교에 기숙생으로 입학하게 된다. 하지만 자유분방한 생활을 하던 모파상에게 신학교의 엄격한 규율과 규칙적인 생활은 견디기 힘든 고통이었다. 그는 비밀 모임을 만들어 외설적인 시를 쓰고, 식량 창고에서 술을 훔쳐 마셨다는 등의 이유로 끝내 퇴학을 당하고 만다.

모파상은 1867년 루앙의 피에르 코르네유 고등학교에 입학해 남은 학업을 마친다. 바로 이 시기에 작가로서의 삶에 사표가 되는 두 명의 스승을 만난다. 고등학교 졸업반 때 소개받은 시인 루이 부예Louis Bouilhet (1821~1869)는 루앙에서 라틴어를 가르치면서 도서관 사서로 일하고 있었다. 그는 모파상에게 "100줄의 시, 아니 그보다 더 짧아도 작가의 재능과 독창성의 진수를 담고 있다면 예술가로서 명성을 얻기에 충분하다"라고 자주 말하곤 했다. 이 말은 모파상에게 간결하고 독창적인 작품이 얼마나 중요한지 일깨워주었다. 루이 부예는 무엇보다 "우리가 취할 다양한 소재 가운데 우리의 모든 능력과 우리의 가치 전부와 우리의 예술적 역량을 아낌없이 끌어낼 소재를 찾아내고 구별해"낼 줄 알아야 한다고 역설했다.

소설가 귀스타브 플로베르Gustave Flaubert(1821~1880)는 모파상에게 스승을 넘어 아버지의 빈자리를 채워준 인물이었다. 플로베르는 모파상의 외삼촌 알프레드 르 푸아트뱅과 절친한 친구로, 르 푸아트뱅이 1848년 32세의 나이에 세상을 떠난 뒤에도 그의 여동생인 로르와 평생토록 우정 어린 관계를 유지했다. 로르는 1867년에 아들을 플로베르에게 보내 인사시켰다. 플로베르는 모파상을 격려하고 감화했을 뿐 아니라 그에게 사물을 "자기 고유의 눈으로 올바르게 보도록voir juste" 가르쳤고, 나아가 자신만의 문체를 꾸준하게 연습할 것을 주문했다. 모파상은 1880년 플로베르가 급작스럽게 세상을 떠나자, '제자'인 동시에 '아들'로서 큰 충격을 받는다.

1869년 가을, 바칼로레아(대학 입학 자격시험)에 합격한 모파상은 파리 법과대학에서 법률 공부를 시작한다. 하지만 이듬해에 프로이센과의 전쟁이 발발하면서 군대에 징집되어 학업을 중단하게 된다. 모파상은 프로이센군이 루앙에 진격하는 것을 목격했고, 그 또한 패잔병들과 함께 퇴각하면서 전쟁의 온갖 참상을 겪었다. 그는 당시의 상황을 어머니에게 이렇게 쓰고 있다. "패주하는 아군과 함께 후퇴했습니다. 하마터면 잡힐 뻔했습니다. 병참감의 명령을 전위대에서 후위대로 전달하기 위해 여러 차례 이동했습니다. 58킬로미터 정도를 걸었습니다. 어제는 밤새도록 걷고 뛰어다니다 차가운 지하실의 돌바닥에서 잤습니다."

이때의 전쟁 경험은 모파상의 여러 작품의 모티프가 된다. 훗날 출세작이 된 「비곗덩어리」에서 전쟁을 통해 드러나는 인간 군상의 민낯을 여과 없이 그려냈고, 「두 친구」 등에서는 전쟁에 내던져진 인간의 불안과 허무의식을 냉소적으로 표현했다.

모파상은 1871년 7월에 제대한 뒤 파리에 정착해 법률 공부를 계속하고자 했으나 형편이 여의치 않아 1872년

3월 아버지의 소개로 해군성에 말단 직원으로 취직한다. 그는 이때 궁핍한 생활을 하면서 파리 서민층의 생활상을 몸소 겪고 목격할 수 있었다. 모파상의 단편 가운데 가장 유명하다고 할 수 있는 「목걸이」는 인간의 헛된 욕망이 불러온 고통과 좌절을 그렸다. 특히 출신과 가문, 물질적 부에 따른 차별, 당대 자본주의 계급 사회에 대한 풍자가 잘 드러나 있다.

공무원 생활을 할 당시, 모파상은 센강에서 사공 노릇도 하고 강변의 술집에도 자주 들락거렸다. 방탕하고 무절제한 생활로 직장이 뒷전으로 밀려나기도 했다. 그러면서도 신문이나 잡지에 가명으로 시와 단편소설, 희곡 작품들을 꾸준히 발표했다. 하지만 크게 주목을 받지는 못했다.

이 무렵부터 모파상은 일요일마다 플로베르를 찾아가 본격적인 문학 수업을 받기 시작한다. 플로베르는 모파상이 쓴 작품들(주로 시 작품)을 꼼꼼히 읽고 비평해주었다. 당시의 일을 모파상은 이렇게 기억하고 있다.

"플로베르 작가는 만날 때마다 나에게 호의를 베풀어 주었다. 나는 그에게 습작 몇 편을 보여줄 용기를 냈다.

그는 친절히 그것들을 읽고 나서 이렇게 답해줬다. '자네가 재능을 갖게 될지는 모르겠네. 다만 내게 보여준 것에서 감각이라고 할 만한 게 보이더군. 하지만 젊은이, 이 점을 잊지 말게나. 샤토브리앙의 표현을 따르자면, 재능은 오랜 인내에 다름 아니라는 것을. 꾸준히 쓰게나.' 나는 계속해서 글을 썼고, 그가 나를 마음에 들어 한다고 생각하여 그의 집에 종종 찾아갔다." 모파상은 해군성과 문부성에서 직장 생활을 한 7년 동안 "시도 썼고, 콩트도 썼고, 누벨도 썼고, 심지어 형편없는 희곡도 썼다."

1880년 모파상은 에밀 졸라의 메당 별장에 출입하던 여러 문인과 함께 프로이센·프랑스 전쟁을 주제로 한 작품을 모아 소설집 『메당의 저녁*Les Soirées de Médan*』을 출판하기로 하고, 여기에 유명한 「비곗덩어리」를 싣는다. 플로베르는 초고를 읽고 다음과 같은 찬사를 보낸다. "「비곗덩어리」는 걸작이야. 정말 그렇다네! 젊은 친구! 과장을 조금도 보태지 않고 말하건대, 이건 대가의 품격을 지녔네. 구상도 독창적이고 내용도 누구나 공감하고 이해할 수 있어. 문체도 훌륭해. 이야기의 배경이나 등장인물도 눈에 확 들어오고. 심리 묘사도 나무랄 데 없어. 간단히 말해 나는 자네의 작품에 마음을 빼앗겼어. 얼마나 뿌듯하고 보람찬지 두세 번 크게 소리 내어 웃었다네. (……) 단언컨대 이 작은 이야기는 길이 남을 걸세! 자네가 그린 부르주아들의 상판대기가 꽤 볼 만해! 자네는 누구 하나 허투루 넘기는 법이 없더구먼. 코르뉘데는 엄청난 인물이야. 아주 진실하게 그려놓았더군. 얼굴에 천연두 자국이 있는 수녀 역시 완벽하게 묘사돼 있어. '이봐, 아가씨'라고 불러대는 백작도 그렇고. 그리고 특히 결말 부분이 인상적이었네. 불쌍한 여인이 흐느끼고, 다른 한쪽에서는 코르뉘데가 휘파람으로 「라마르세예즈」를 불어대고. 정말 일품이야."

플로베르의 예언처럼 모파상은 이 작품으로 프랑스 문단에 큰 반향을 불러일으킨다. 작가와 평론가들은 최대의 찬사를 아끼지 않았는데, 특히 에밀 졸라는 모파상이 "모든 지성을 만족시키고 모든 감성에 자극을 일으키는" 이 결정적인 작품으로 "단박에 대가의 반열에 들어섰다"라고 말했다.

「비곗덩어리」의 성공 이후 모파상은 1890년까지 10년 동안 『르 골루아』 『질 블라스』 『르 피가로』 등 주요 신문에 작품을 연재하며 왕성하게 활동을 이어갔고, 발표하는 작품마다 대단한 대중적 인기를 누렸다. 그중에서도 1883년에 출간된 장편소설 『여자의 일생*Une vie*』은 8개월 동안 2만 5,000부가 판매되고, 즉시 러시아어와 영어, 독일어로 번역되어 나왔다. 레프 톨스토이는 이 소설이 "모파상 최고의 작품이며, 빅토르 위고의 『레미제라블』 이후 프랑스 소설의 최고 걸작"이라고 극찬했다. 1885년에 발표된 두번째 장편소설 『벨아미*Bel-Ami*』는 넉 달 동안 37쇄를 찍을 정도로 큰 성공을 거두었다.

모파상은 「비곗덩어리」를 발표한 1880년부터 1890년까지 10년에 걸쳐 엄청난 양의 작품을 창작했고, 세계적으로도 높은 명성을 얻으며 승승장구했다. 하지만 이 10년은 개인 모파상에게는 육체와 정신의 병이 심각하게 나빠졌던 시기이기도 했다. 그는 1877년(27세)에 이미 매독 진단을 받았고, 이후 척추 통증, 편두통과 불면증을 앓는가 하면 시력이 약화되어 거의 실명 상태에 이르기도 했다. 급기야 1884년경부터는 환각이나 착란 증세를 보였다. 1889년 가을에는 매독의 무서운 합병증인

전신 마비 증세가 나타나기 시작해 사실상 글쓰기가 불가능해진다.

1892년 1월 1일 밤, 모파상은 집에서 자살을 시도하지만 실패한다. 그리고 몇 해 전 자신의 손으로 정신병원에 가둬버린 동생 에르베처럼, 본인도 파리 교외의 정신병원에 보내진다. 모파상은 그곳에서 거의 혼수상태로 18개월을 보낸 뒤 마흔세번째 생일을 한 달쯤 앞둔 1893년 7월 6일 세상을 떠난다. 그의 시신은 파리의 몽파르나스 묘지에 안장되었으며, 좋은 선배이자 문학 동지인 에밀 졸라가 조사를 읽었다. 그 안에는 작가 스스로 지은 다음과 같은 묘비명도 들어 있었다. "나는 모든 것을 탐냈으나, 그 어떤 것에서도 기쁨을 느끼지 못했다."

모파상은 당대 최고의 작가로 꼽혔다. 유럽 문단의 명망가들은 모두 입을 모아 그의 정확하고 세밀한 관찰력과 간결한 문체를 칭찬했다. 톨스토이는 "그는 다른 사람들이 보지 못하는 방식으로 사물을 보는 재능이 있다. 그는 말하고자 하는 것을 간결하고 명료하게, 그리고 아름답게 표현할 수 있는 문체를 갖고 있다"라고 말했다. 니체는 『이 사람을 보라*Ecce Homo*』에서 독일 작가들을 듣기 거북할 만큼 비난한 끝에 프랑스 작가 중 자신이 "특별히 애착을 느끼는 사람은 바로 기 드 모파상이다"라고 말했다. 체호프는 모파상을 애독하였고, "지루하기 짝이 없는 문단에서 모파상만이 읽을 만하다"라면서 "모파상을 읽어라, 거기엔 그 무엇이 있다"라고 작중인물을 통해 말했다.

그렇다, 모파상의 글은 지금 읽어봐도 확실히 뛰어나다. 그의 글은 세월의 흐름이 무색하게 여전히 살아 숨쉰다. 그의 글은 100여 년이 지났어도 여전히 지치지 않고 읽힌다. 『르 피가로 문학 뉴스*Le Figaro littéraire*』가 2004년에 프랑스 고전 문학·사상 분야 문고본의 판매 부수를 집계한 이래, 현재까지 그의 작품은 모든 작가를 통틀어 1위를 기록하고 있다.